Kaskötő István

A
Petrulló házaspár
rejtélyes esete

ISBN 1 989073-07-7

Kiadó
Kaláka Szépirodalmi Folyóirat
Kaskötő István

1. fejezet

Ismeretségem a Petrullo házaspárral, mint annyi más szomszéddal is, szűkszavú üdvözlésre vagy az időjárás pármondatos megtárgyalására szorítkozott. Naponta kétszer, reggel és úgy hét óra tájban estefelé, függetlenül attól, hogy esik vagy fúj, télen csak úgy, mint a nyári nagy melegben megyek, mert menni kell, ez a kutyatulajdonosok sorsa. Persze, igazából nincs szó tulajdonjogról, inkább úr és szolgáló alá- és fölérendeltségi viszonyáról. Rómeo az úr és én a hűséges szolga, megyek utána, hogy felszedjem, amit hátrahagy.

Mint eb a... – mondja a magyar. No, de nem panaszkodom, ő urasága rajongó bánatos barna szeme, ha belenéz az ember képibe, mindenért kárpótol.

Drummond Village, ez a csendes lakónegyed pár perces kocsizási távolságra esik a híres Niagara vízeséstől, elég távol ahhoz, hogy ne találkozzon az ember a millió turistával, akik ugyan megélhetési lehetőséget nyújtanak a nagyszámú bennszülöttnek, de ugyanakkor bőven szolgálnak bosszúsággal is. Ennél fogva aztán kerüljük a velük való találkozást, amennyire csak lehet.

A párszáz házból álló szomszédságot valami nagyzoló építési vállalkozó nevezte el

3

VILLAGE-nak, egyszerűen lekoppintva a határoló út nevét, onnan a Drummond név. Falunak is alig nevezhető, de mit mondjak, van ebben a városban utca "hegy" meg "völgy" névvel is, annak ellenére, hogy hegynek se híre se hamva nincs a környéken, ha csak a vízesést okozó néhányszáz lábnyi szintkülönbséget nem vesszük figyelembe, de attól még se hegy, se völgy nem lesz.

Village vagy nem Village, igen kellemes szomszédság ez a mi "falunk". Széles, fás, kanyargós utcákon, iker és egyedülálló házak váltakoznak, hogy az egyhangúság látszatát kerüljék. Sok a gyerek. Meglehetősen vegyes a lakosság, megtalálható itt az autógyári munkás, állami tisztviselő, tanító vagy tanár, nyugdíjas bank manager, casinó krupie meg még maffiosó is. Én nem állítom, de a rossznyelvek szerint Dominic Galucci amellett, hogy főpincér egy divatos olasz étteremben, állítólag a helyi "familia" izomembere is.

Van itt mindenféle náció, igazi kanadai mikrokozmosz, pakisztáni, olasz, német, jamaicai, vietnámi és egy magyar, hogy magamat ki ne hagyjam.

Mint mondom, Marco Petrullo egyike volt azoknak a szomszédoknak, a Lakeview Avenue-n, (na ez a másik furcsaság, azt mondja, hogy lakeview, *rálátás a tóra.* Hol a tó? – kérdem én) akivel rendszerint szót váltottam, főleg az esti séta közben. Megtárgyaltuk a gyep minőségét, a gyermekláncfű csökönyös igyekezetét, hogy tarkítsa a különben egyhangú zöld füvet. Lesz-e eső, jön-e a hó, emelték a vízdíjat, és miért nem javítja a város a feltöredezett aszfaltot az úton.

Aztán lassan kiderült, hogy Marco egy nagy pénzügy intézet helyi irodájában dolgozik, mint pénzügyi tanácsadó, köznyelven: tőzsdei ügynök. Részvényeket, állami, községi meg vállalati hitelkötvényeket ad és vesz ügyfelei megbízásából. Öt éve házas, gyerek nincs, valahogy még nem jött össze, nem rajta múlott – mondja elvitathatatlan meggyőződéssel. Az asszony nem dolgozik, nincs rá szükség.

Megvagyunk, köszönöm.

A gondtalan élet előfeltétele, egyszer csak úgy közvetve kiderült – legalább is én úgy hittem – az, hogy a feleség Russo lány. Egyetlen örököse a közelmúltban elhunyt Johnny Russonak, aki csak úgy volt ismeretes a városban, mint; *Johnny the Fixer*. Magyarul: Johnny, aki mindent el tud, intézi. Tessék azt érteni alatta, ami tetszik.

Persze, ha tudtam volna, amit Marco és a néhai após ügyvédjein kívül senki sem tudott, másként ítéltem volna meg Petrulloék gondtalan életét.

5

Angelina Russo – Marco csak úgy beszélt róla, hogy a Lina – aligha nyert volna akármilyen helyezést is a helyi szépségversenyen. Kissé karikalábú, alacsony teremtés volt, göndör, rakoncátlan fekete haját színes kendővel kötötte hátra és rendszerint feszes pamutinget viselt. Kidudorodó, dinnye méretű kebleit csendes beletörődéssel hordozta a ház körül, nem emlékszem, hogy valaha is hallottam volna tőle két szónál többet. Egyfolytában. A házkörüli virágos kertben paradicsomot, cuccinit és padlizsánt termelt. Hamvas fekete bajusza volt és ha mosolygott, ami ritkán fordult elő, az első fogai közt egy kis hézag, Terry Thomasra, a rég elhunyt angol színészre emlékeztetett.

Gyakran gondoltam rá, hogy mi késztette a jóképű latin Adonist, hogy életét a kis csúnyasággal kösse össze. Amikor aztán kiderült a Russo kapcsolat, már több magyarázatra nem volt szükség. Áldásom rájuk.

– Hello, Marco.

– Hello Steven – fogadta a köszönést a szomszéd, azzal leállította a püfögő fűnyírót és letörölte az izzadságot – hé, hogy unom már.

– Miért – kérdeztem – szívesebben lapátolnád a havat?

– Mondják, enyhe telünk lesz.

– Hiszem, majd, ha látom... – Romeo lassan hason fekvő állapotba helyezte magát, hosszan sóhajtott, lemondással vette tudomásul az okos kutya, hogy itt most hosszadalmas ácsorgás következik és kényszerű halasztás vacsora ügyben.

Csak jóval később gondoltam rá, hogy ez volt az utolsó, kimerítő eszmecserénk a várható időjárásról, az ingatlanadó emeléséről, a korrupt városatyákról és a benzinárakról.

Valami rendkívüli változás állt be a Petrullo háztartásban, amire csak jóval később kaptam magyarázatot, amikor egy alkalommal neki szegeztem a kérdést, miután sorban álltunk a Home Depo pénztáránál a karácsonyi vásári-cirkusz kellős közepén. Marco nagy kék plasztik ponyvát vett, én meg csontfehér latex festéket, az ajtókat terveztem újra festeni az unalmas téli szezonban. Persze, be kell, valljam, hogy nem lett belőle semmi, a festék meg szépen be fog száradni, mint a többi.

De talán jobb, ha az említett változásokról mesélek.

November vége felé volt, késő őszi hangulat, korán sötétedett és mi, Romeo meg én, róttuk az utcákat, lelkiismeretes szorgalommal, spriccelve minden sarokkőre, lámpaoszlopra meg tűzcsapra. Romeó. Nem én. Én csak asszisztáltam. Már nem volt fűnyírás, a lehullott elsárgult levelek is begyűjtve komposztálás céljára. Itt-ott már villogtak a karácsonyi fénygirlandok a házak ereszén, feledve minden takarékossági intelmet, a globális felmelegedést félő tudósok ellenére. A szorgalmas háztulajdonosok hoki meccset néztek a tévén, sört ittak, nagyokat büfögtek és napsütéses golfpályáról álmodoztak.

Feltűnt, hogy a Petrullo ház minden ablaka sötét, máskor rendszerint égett a villany a nappaliban, még ha nem is voltak otthon. Marco fekete Ford Escortja az utcán állt, a garázsajtó nyitva és csak egy halványpiros lámpa világította meg az üres helyiséget. A garázs közepén egy-egy kerti székben ült Marco és Lina, némán bámultak a semmibe. Fejük fölött egy kék strob-lámpa villogott monoton egyhangúsággal. Az éles, bántó fény kísértetiesen vetítette az ülő alakok torz árnyékát a csupasz fehér falon logó absztrakt kreációra. Valami bizarr kombinációja volt az az ötágú csillagnak és a feszületnek. Fekete-fehér, nagy és primitív. Valahonnan halk, misztikus zene szólt.

Intettem sután, üdvözölve őket, Marco alig-alig kézmozdulattal vette tudomásul, az volt az érzésem, hogy elkívánnak, keresztülnéznek rajtam. Nem hagyott a látvány nyugton, úgy tíz óra felé beültem a kocsiba és nagy kerülővel, mintha hazafelé

8

tartottam volna, elhajtottam ismét a házuk előtt. Ugyanaz a jelenet, ülnek némán, a garázs közepén, bámulnak az éjszakába, és villog a kék fény, mint a felhőkarcoló szálloda tetején a jelzőfény, az alacsonyan szálló repülőknek. Másnap este dettó. Intek: jó estét, Marco kelletlenül visszajelez, aztán megyek tovább. Egy hétre rá már nem is köszöntem, úgy csináltam, mintha nem is látnám őket, aztán meg elkerültem a Lakeview Avenuet.

Bevallom a bűneimet, nem vagyok különb az átlagnál, az első adandó alkalommal bizalmasan megsúgtam a felfedezésemet Mr. Wilsonnak, aki velünk szemben lakik. Még aznap este Dan Wilson maga is elsétált a Lakeview-re, hogy személyesen megbizonyosodjon állításom hitelességéről, majd részletesen kielemeztük a lehetőségeket, magyarázatot keresve Petrulloék furcsa viselkedésére. Feltételezem, hogy Wilson elmondta az ügyet a feleségének, az meg, jó szomszédhoz illően, elújságolta a hírt Vesta Patelnek, aki két házzal a sarok felé lakik. Nem telt bele sok idő, az egész utca tudomást szerzett Marco és Lina Petrullo esténkénti virrasztásáról.

Bill McInnis nyugalmazott városi levéltárnok, elismert tudója minden misztikus és paranormális tudománynak, jelentette ki ellenmondást nem tűrő határozottsággal:

9

Az UFO-t várják. Mi másra kellene a strobe fény? A kocsijuk is azért parkol az utcán, hogy a bejáró út szabad legyen a landoló űrhajónak. A hír gyorsan elterjedt, és esténként pimasz tinédzserek fennhangon kiabálták a híres Star Trek parancsot:

Beam me up, Scotty! (Átsugárzást kérek Scotty, ahogy magyaréknál mondják)

Pettruloék hősiesen állták a gúnyolódást, kitartó következetességgel ültek a garázs közepén, meleg takarókba burkolózva... hidegre fordult az idő. Csak annyi változást észleltek a gondos megfigyelők, hogy a két kertiszék között kis asztalkán, már néhány, literes termoszban gőzölgő tea, vagy talán még hatásosabb melegítő ital állt, hasznos kelléke a vég nélküli virrasztásnak.

Mint említettem, karácsony előtt szembetaláltam magam Marcóval a Home Depo pénztáránál. A találkozás elkerülhetetlen és úgy láttam Marco számára igen kínos volt. Szebb időkben bátran barátságosnak nevezhettem volna a jószomszédi viszonyunkat, ami aztán olyan váratlanul hűvösre fordult a házaspár bizarr viselkedése miatt.

Helló, Marco! – köszöntem rá.

Hi, Steven – készen volt, hogy otthagyjon, de én elkaptam a kabátujját és szembefordítottam. Nem ellenkezett.

A szentségit neki, Marco! Mi az ördög van veletek? Mi ez az éjszakai virrasztás? Az egész szomszédság aggódik miattatok – ami igazából szemen szedett hazugság volt a részemről, a szomszédok mindent gondoltak, csak éppen nem aggódtak.

Az a hír járja, hogy az UFO-t várjátok.

Na, és? Mi van abban, ha úgy van. Ez egy szabad ország, azt várunk, amit akarunk – volt a kurta válasz és kész volt odébb állni. Elállt a szemem-szám.

Marco, te viccelsz.

Ez nem vicc, és ha megengeded, nem akarok róla beszélni.

Ezzel a hóna alá kapta a nagy kék plasztik ponyvát és dirrel-durral elvágtatott. Még láttam, hogy bevágja a csomagot az Escort hátsó ajtaján és égett a gumi az aszfalton, ahogy sebesen kikanyarodott az útra.

Na, gondoltam, itt megy még egy agyalágyult, és alig vártam, hogy hazaérve elújságoljam Dan Wilsonnak, hogy Bill McInnis UFO teóriája igazolva lett, maga a principális szereplő által.

– Petrulloék várják az űrhajót. Niagara Fallson, a Lakeview Avenuen. Halleluja! Híresek lettünk, mint Rosswel, rólunk fog beszélni a világ és az ingatlan értéke duplájára fog emelkedni. Minden UFO-s dinnye itt akar majd tanyázni.

– Petrullo maga mondta, hogy UFO-t várnak?

Hitetlenkedett Wilson szomszéd.

– Becs szóra, tán csak nem feltételezed rólam, hogy ilyen életbevágó ügyben hazudjak?

– No, de... - dadogott Dan Wilson – UFO?

– Szó szerint azt mondta, hogy ez egy szabad ország,

oszt azt várnak, amit akarnak.

– Meghibbant a gyerek. – Állapította meg Dan, neki mindenki ötven alatt gyerek volt. Egy legyintéssel befordult a házba.

Feltételezhetően rögtön elmondta a feleségének...

Szép dolog, ötven éves házasság után még mindig beszélő viszonyban vannak. Az asszony elhíresztelte Vista Patelnek, az meg Ms.Hunternek, Ms.Hunter a fodrászának, a fodrász a postásnak, és így tovább. Két napra rá az ellenzék vezére interpellációt nyújtott be a parlamentben, hogy a kormány tegyen lépéseket, hogy Niagara Falls helyett a nemzet fővárosában szálljon le a várt űrhajó, mert micsoda dolog az, hogy egy koszos kisváros élvezze a PR előnyöket, csak azért, mert kormánypárti képviselőt választott.

Csak viccelek. Vicc? Mit ne mondjak, manapság én már semmin sem csodálkoznék. A szomszédság napirendre tért az UFO ügy felett, Petrulloék háza szinte elhagyatottnak látszott. Nem igen került már szóba a dilis házaspár, már a tinédzserek is elvesztették érdeklődésüket irántuk, minden újság három napig tart alapon. Új divatnak hódolt a jövő nemzedéke, cifra betűkkel pisilték a lányok nevét a hóbuckák oldalába. Persze, hibás helyesírással.

2. fejezet

Marco Petrullo apja még a háború előtt emigrált Calabriából és a szomszédos Wellandban telepedett meg. Az idős Petrullo számára, aki még harminc éves se volt, amikor egy szebb élet reményében döntött a kivándorlás mellett, a szebb életre vágyás másodrendű volt az elhatározás ügyében. Gino a nincstelen mezőgazdasági napszámos mind gyakrabban és gyakrabban keveredett nézeteltérésbe a barnaingesekkel a kommunista elvei miatt és a gyors távozás a tengerentúlra a legjobb megoldásnak látszott. A család összekaparta az utazásra való pénzt és a

13

wellandi rokonok címével a zsebében Gino Petrullo hajóra szállt. Annak idején Welland volt a kanadai kommunista mozgalom központja. A húszas-harmincas évek európai bevándorlók radikális rétegének népszerű végcélja volt az ontarioi kisváros, beleértve a magyarokat is. Gino Petrullo hamarosan kitűnt rábeszélő képességével és az acélmunkások szakszervezetének lett a bizalmija egy acélmegmunkáló gyárban, ahol, mint segédmunkás kezdte kanadai pályafutását. Amikor aztán a hamiltoni "familia" magáénak igényelte az acélmunkás szakszervezetet, Petrullo testvér természetesen jelölt lett a Welland-Niagara szervezet elnökségi tisztjére. Mit ad isten? Egyhangúan megválasztotta a tagság akkor, és azután is, még az elkövetkező negyven évben.

Marco késői gyerek lett, az apja már közel járt a hatvanhoz is, amikor a második feleség megszülte az egyetlen trónörököst. Nem sok öröme telt a kis jövevényben, néhány évre rá, rejtélyes körülmények között, Gino Petrullo elköltözött az élő maffiozók sorából. A "familia" bőkezűen gondoskodott az özvegyről és a kis Marcoról, a szakszervezeti "nyugdíj" fedezte a kispolgári életformát és többek között Marco egyetemi tanulmányait is. A

14

St.Catharinai Brock egyetem gazdasági szakán nyert diplomát, mint pénzügyi szakértő, és kitűnő eredményei biztosították az Ethera Inc. tekintélyes pénzügyi intézménynél az alkalmazását. Természetesen, a *familiai* közbenjárás is nagymértékben segített, ő maga sem tudta annak idején, hogy milyen fontos szerepet szántak a számára.

Marco rászolgált a bizalomra. Diszkrét, megbízható és ügyes volt. Ügyfelei között számtalan ismert nevű üzletember volt, akik ezidőben fedezték fel a részvény és hitelpapírok névtelenséghez kötött előnyeit. Marco ismert minden trükköt, és azok közé tartozott, akik megtaláltak minden kiskaput a törvények útvesztőin, hogy kliensei kétes eredetű jövedelmét tisztára mossa és a Cayman-szigeteki és a zürichi magán bankoknál biztonságba helyezze el. Napi nyolc-tíz órát töltött az irodában, az asztalán a három monitor megszakítás nélkül ömlesztette a számokat, Marco magabiztos határozottsággal döntött, kinek mit érdemes venni, időben eladni. Hatodik érzékkel mérte fel a lehetőségeket és csak nagyon ritkán tévedett.

Rövidesen az után, hogy elfoglalta helyét az Ethere Inc. niagara falls-i irodájában, egyik napról a másikra az iroda legeredményesebb ügynöke lett. Csak úgy jöttek az új kliensek, ismert nevek, mint DiDonato, Brisciani, Batelli,

Commissio és ne elfelejtsük el Johnny (the Fixer) Russot sem. Gyorsan terjedt a hír bizonyos körökben, hogy az ügyes paisano 20-30 százalékos hasznot is tud produkálni. *Legálisan!* Szinte hihetetlen.

Ritkaságszámba ment a népes olasz-kanadai társadalomban, de Marco jóformán családi kapcsolatok nélkül élte megrögzött agglegény életét, csak néhány unokatestvérről tudott anyai ágon, azok is főleg Torontóban éltek. A mama viszonylag fiatalon távozott az élők sorából, rák vitte el. Így aztán Marco a jóképű árva gyerek, aki ráadásul még egyetemet is végzett, aki egy kis jóakarattal az orvos-ügyvéd-fogorvos lányos anyák által kívánatos kategóriába tartozott, gyakori vendég lett a környék olasz családjainál. Persze, volt elég üzleti jellegű eszmecsere is ilyenkor, hozzátartozott Marco munkájához. A pénz nem alszik, szokta mondani – valami financiális zsenit idézve – dolgozik hét nap, naponta huszonnégy órát. Igaz is, ha a tőzsdék nyitva tartását vesszük tekintetbe, Hong-Kong, Singapur- i, Tokyo, Zürich vagy London akkor, valahol a nap minden órájában lehet pénzt csinálni... vagy veszíteni.

A mamák házasítási igyekezetei hiábavalónak bizonyultak, Marconak nem voltak házasodási szándékai. Élte a szabadúszók felelőtlen életét, esténként a divatos hotelek bárjaiban lógott, többnyire nem olasz haverokkal és vasárnaponként, mise helyett, golfozni járt. Persze, tévedés ne essék, imádta ő a nőket. A hangsúly mindig a többes számon.

Johnny Russo, Marco illusztris ügyfeleinek egyike, már igen rozoga állapotban volt, amikor a papírokban lévő vagyonának kezelését a fiatal paisanóra bízta. Tolószékben töltötte napjait, nagyot hallott és mindenkivel goromba volt. Mivel telefonon nem lehetett vele üzleti ügyeiben tájékozódni, tájékoztatni, Marco rendszeres időközökben megjelent a Russo háznál, hogy beszámoljon az ügyek állásáról. Ilyenkor az öreg Russo a pálmakertben fogadta a látogatót.

Pálmakert?

Egy kis túlzás, azt a huszonvalahány négyzetméteres üvegházat pálma-kertnek nevezni, csak azért, mert néhány vézna legyezőpálma hervadozik az olasz roma-paradicsom palánták között. Ugyanis, Senor Russo minden vágya az volt, hogy kitenyéssze a magnélküli és puhahéjú roma-paradicsomot, feltehetően még mielőtt az úr magához szólítaná és beutalná a jól kiérdemelt mennyei paradicsomba, amit lelki atyja, Monsenor Purificati oly határozottan kilátásba helyezett, de amiben meg ő maga, Father Purificati sem hitt.

17

Pedig ő aztán hivatásából kifolyólag is hitt, igazi hívő ember volt.

Senora Alexa Carducci, Johnny Russo szűkmarkú házvezetőnője, minden alkalommal kis ezüst tálcán olasz kávét, igazi eszpresszó kávét szolgált fel a látogatónak, egy darab – tévedés ne essék – *egy* darab mandulás biscottival és egy kupica grappát a ház urának. Ez volt a rend, Marco megitta a kávét egy hajtásra, de arra már nem került sor, hogy a süteményt is megkóstolja, az öreg maffiozó türelmetlenül sürgette, hogy térjen a látogatás lényegére. Hogy állnak a pénzügyi dolgok. (Oda se neki, jövő hónapban, Senora Alexa, majd felszolgálja neki ugyanazt a biscottit. Eláll az, száraz sütemény, az a dolga, hogy elálljon)

Egy alkalommal, a házvezetőnő elmaradt – köszvény kínozza a vén satrafát, legyintett Senor Russo – és helyette egy szürke, kis, egérszerű nő hozta az ezüst tálcát, kávéval, két kupica grappával egy tányéron magasan púpozott manecottival.

Az öreg rosszalló tekintetet vetett a megrakott tálcára, majd a lányra, aki félszegen állt, míg egy legyintéssel el nem lett bocsájtva.

– Ez a kis csúnyaság? Angelina. A lányom. Szerencsétlen teremtés, úgy néz ki, hogy vénlány marad, már huszonhat, senkinek sem kell – kis szünet után, még hozzátette – majd elmegy apácának.

– Na, nézzük, hogy állunk? - zárta le a témát az öreg.

Marco kiterítette a papírjait és sorban ismertette a részvények, kötvények legutolsó árfolyamait. Már az ismertetés felén túl volt, amikor Senor Russo feltette a kérdést.

– Ugye fiam, te nem vagy nős?

Marcot úgy érte a kérdés, mint egy mennykőcsapás, elöntötte a hideg verejték, csapdában érezte magát, ahonnan nincs menekvés, behunyt szeme elött vibrált a kis csúnyaság karika lábával, apró, fekete, malac szemeivel, suhancos, pelyhes bajuszával. Kapkodva fejezte be a beszámolóját és rövid félóra múlva úgy menekült a Russo-villából, mint akit üldöznek.

Az irodába érve, a elővigyázatosság érdekében, a biztonsági előírásoknak megfelelően, mint mindig, Marco betáplálta a dosszié tartalmát az iratmegsemmisítőbe. Az ügyfelek pénzügyi titkait többszörös jelszóval őrizte az ügynökség a computer rendszerében, ahhoz a hivatott személyeken kívül más nem férhetett. Megsemmisítettek minden kézzelfogható, látható nyomot. Már-már az utolsó oldalt is a beleillesztette az iratmegsemmisítőbe, amikor a pirossal, vastag számokkal szedett végösszeg, mint egy gonosz kisördög, Marco képébe röhögött; $3.456.965.24 Angelina + 3.5 millió=???

Nem is beszélve a 38 hektáros szőlészetről, a villáról a két kőoroszlánnal, a hamiltoni kőbányáról és a még ki tudja, hol rejtőzködő legális és illegális vagyonról. Johnny the fixer még a honfitársai között is gazdagnak számított.

$3.456.965.24

Angelina!! Karikalábú, bajuszos és dobseggű... de jó nagy dudái vannak. Marco szerette a nagymellű nőket, legyen az szőke vagy barna, alacsony vagy hórihorgas, nem számit, csak a cici legyen nagy.

Három és fél millió. Angelina! Akárhogy erőlködött, nem tudott megszabadulni a kettős víziótól. Relatíve rövid karrierje alatt mindig más emberek pénzét számolgatta, gyarapítgatta... három és fél millió, olyan elképzelhetetlen, elérhetetlen soknak látszott, mint a Hold, oda meg vissza. Gyalog.

Három és fél millió, te Uram Isten... de milyen áron? Angelina? Bajuszos angyal. Soha, soha, inkább az éhhalál. Aznap este a sárga földig leitta magát a Sheraton bárjában.

3. fejezet

Az esküvőt augusztus végén tartották a Russo villa óriás kertjében. Hivatalos volt a környék minden jeles polgára, még a torontói família illusztris feje is. Ott volt három város polgármestere, két parlamenti képviselő, egy kormánypárti és egy az ellenzékből, a rendőrkapitány meg az államügyész, sose lehet tudni, alapon. Monsignor Purificati vezette a véget nem érő szertartást, az augusztusi nap kegyetlen intenzitással tűzött az egybegyűltek fejére. Nem telt bele sok idő, a félszáz szmokingba kényszerített polgár izzadt, mint megannyi szódásló, és penetráns kipárolgás lebegett a gyülekezet felett, elnyomva a kert rózsáinak az illatát.

Marcot egy rettenetes, másnapos fejfájás kínozta. Előző este a haverok nagy búcsú-bulit szerveztek a számára. Volt négy sztriptíztáncosnő, nyolc nagy mellel, töméntelen pia és fülsiketítő zene. Reggel négykor rakták ágyba, totális komotóz állapotban. Amikor aztán úgy kilenc óra tájban felébredt – pillanatnyira magához tért, lenne talán a találóbb kifejezés – Miss Zooi, a szőke sztripper, aki az agglegény búcsúztatás utolsó aktusaként, ("DeLux szervice" tarifája szerint, 500 dollár) Marco ágyában töltötte a hajnali órákat, lelkes ujjongással üdvözölte.

– Jó reggelt, kis hercegem, ébresztő! Vár a szép menyasszony.

Szerencsére a szép menyasszony arcát fátyol borította a szertartás kezdetéig, így csökkentve az utolsó percbeni meggondolás lehetőségét. Marco az elmúlt hetekben gyakran jutott arra a pontra, hogy kibúvót keressen a közelgő katasztrófa megelőzésére, de minden alkalommal felbukkant lelki szemei előtt a nagy, pirosbetűs csalétek: $3.456.965.24

Nem egyszer fordult elő, hogy Angelinára nézve megborzongott, olyankor csak hunyorítani kellett és pillanatokon belül elmúlt a rossz érzés, és a három és fél millió csodálatos csillogása melegséggel töltötte el a szivét. Hiába, a pénz, és az általa adódó előnyök mindenek fölötti értékelése hivatásának természetes velejárója volt.

Atya, Fiú, Szentlélek nevében... etc. etc.

Monsignore Purificati férj és feleségnek nyilvánította a fiatal párt... Megcsókolhatod a menyasszonyt, adta ki parancsot és ezzel a szertartás véget ért. A zenekar rázendített az ilyenkor szokásos olasz nótára és a vendégsereg nekiesett a kert végében felállított sátor alatt a gazdagon megrakott büfé asztalnak. Se vége, se hossza nem volt a gratulációknak, főleg Marcot halmozták el jókívánsággal az irigyei.

– Szerencsés ürge vagy, pajtás, beleestél a mézes bödönbe.

Senora Carducci begurította a gazdáját a légkondicionált házba, öntött neki egy pohár Chianti Classico-t. Johnny Russo az orrához emelte a poharat, szagolgatta, élvezte a vörösbor jól ismert illatát, aztán mohón, egy hajtásra fenékig kiitta.

– Lassan, lassan Giovanni... – szólt rá az asszony – Tudja, hogy nem tesz jót.

– Silencio! – rivalt rá, és nyújtotta a poharat, hogy az újra töltse – Eridj, mondd meg neki, hogy látni akarom.

– Kit akar látni?

– Tudod te nagyon jól.

– Van neki neve is...

– Fogd be a szád. Mars, ha mondom.

Az asszony legyintett s elmenőben a válla fölött még visszaszólt.

– Vén szaros, hogy az a jó Isten nem szólítja már magához...

Marco törölgette az izzadó homlokát, ahogy a hűvös házba lépett, másodpercekbe telt, míg szeme a tűző napsütés után, a ház félhomályához szokott és meglátta az öreget, aki az üres poharat babusgatta a kandalló előtt.

– Hívott, Don Giovanni? – hajolt meg előtte. *Itt van az ideje* – ujjongott gondoltban – *ez amire várt, formális beiktatása a családba, a lényeg, a nagy jutalom. A 3.456.965.24 meg, ami még vele jár.*

– Tölts! – nyújtotta felé a poharat.

Marco színültig töltötte a poharat, visszatette a már üresedő üveget a bárpultra és várta, hogy hellyel kínálja az öreg. Nem került rá sor. Csak állt, végtelennek tűnő percekig, mint egy kisiskolás az igazgató előtt és törölgette az izzadó homlokát. Az volt a benyomása, hogy leállt a légkondicionáló, és egyszeriben fullasztó lett a meleg a házban. Johnny Russo ismételten a szájához emelte a poharat, már-már az volt Marco benyomása, hogy közben az öreg megfeledkezett róla, és szerényen krákogott egyet, persze jól tudta, hogy az öreg félig süket.

Mikor aztán a pohár már kiürült, az újdonsült após még hosszasan vizsgálgatta a plafont, mintha először látta volna, megköszörülte a torkát és belekezdett a mondókájába.

– Fiam!

Ez jó, fiának fogad. Na, gyerünk tata, hol a dohány, nyögd már ki – gondolta Marco.

– Te egy okos gyerek vagy, egyetem meg miegymás, biztos vagyok benne, hogy nem kell majd különösebb magyarázat... Különben is, én nem vagyok ahhoz hozzászokva, hogy magyarázzak. Egyszerű szavakból ért az ember. – Forgatta az üres poharat a kezében, aztán mintha elaludt volna, még a szemét is becsukta. Kis idő múlva felnézett a félszegen ácsorgó legényre.

– Na, ha már itt vagy, tölts – nyújtotta felé az üres poharat.

– Amikor én Kanadába jöttem, ezerkétszáz líra volt az összes vagyonom. Tudod mennyi volt ezerkétszáz líra dollárban? Szar. Semmi. Egy vekni kenyérre se elég. Hetvennyolc cent órabérért kezdtem árkot ásni. Két év után se volt annyi pénzem, hogy egy albérleti szobát béreljek, ágyra jártam a rokonokhoz. Amikor megházasodtam, még egy ágyra se futotta – körülnézett a nagy, terem méretű szobában - amit itt látsz, azt mind kemény munkával szereztem.

Nagyot húzott a pohárból, letette a kis asztalkára és a kezébe vett egy fehér borítékot.

– A mai fiatalok azt el sem tudják képzelni, hogy mi volt akkor. Ma jön egy bevándorló, az állam még a seggét is kinyalja… minimum órabér, meg a jó ég tudja mi. No, de itt most másról van szó. Azt akartam mondani, hogy neked fiam, nincsennek ilyen gondjaid, jól fizető állásod van, ráadásul – gondolom – annyit lopsz, amennyi a bőröd alá fér. Nem az én dolgom, ez az élet rendje… Kapitalizmus.

– Huszonhat évig gondoskodtam a lányról, etettem, ruháztam. Mostantól kezdve mind az már a te felelősséged lesz. Nem nagy dolog, mi egyszerű emberek vagyunk, egyszerű

25

igényekkel, nem fog a feleséged gondot okozni, hozzá van szokva a takarékos élethez. Jól főz és nem pazarol. A tisztesség úgy kívánja, hogy hozományt kapjon, szóval itt van.

Sóhajtott az öreg és szórakozottan forgatta a fehér borítékot a kezében mintha még meg kellene gondolnia, aztán a vő felé nyújtotta.

– Itt van, egy új ház a Drummond Village-ben, az unokaöcsém építőmester, most fejezte be és elég kézpénz, hogy megvegyétek, ami bele kell. Úgy tudom, hogy a mézesheteket Calabriában töltitek, és te már kifizetted a repülőjegyeket. Jól van az úgy. Az már nem az én gondom.

– Most menj és mulass a többiekkel és ha látod azt a gonosz Senora Alexat, mondd meg neki, hogy tolja be azt a ronda pofáját, le akarok feküdni.

A meglepetéstől kővémeredt Marco csak állt, remegett a hozományos boríték a kezében, aztán nagy nehezen eldadogta, hogy:

– Hálás köszönetünk Don Giovanni – és tétova léptekkel elindult, hogy az ünneplő vendégsereghez csatlakozzon. Már-már az ajtóhoz ért, mikor az öreg megszólalt.

– Még valami... majd, hogy nem elfelejtettem – emelte meg a hangját – élek, vagy sem, a mai naptól számított tíz évig a vagyonból egy centet sem kaptok. Gondolom ellenállhatatlan szerelem késztetett, hogy Angelinat feleségül vegyed és nem a Russo vagyon. És egyfanyar vigyorféle torzitotta el a különben komor képét.

– Áldásom rátok és szaporodjatok, mint egy jó olasz családhoz illik, ha már a balszerencse úgy hozta, hogy itt a vége a Russo névnek, legalább unokáim legyenek. Akárhogy is hívják őket.

Marco szemei előtt elsötétült a világ, meg kellett kapaszkodjon ajtófélfába, térdei felmondták a szolgálatot. Időbe telt, míg összeszedte az erejét és kitántorgott t a házból.

Tíz év??? Árulás, csapdába jutottam. Hogy ott dögölj meg, ahol vagy, vén, kibaszott gazember!

„Quando paramucho mi amore de felice carathon"

kórusban énekelte az ünneplő sereg a zenekarral az ismert olasz dalt, csengtek a koccintott poharak, folyt a jó *Casa Russo* niagarai olasz vörös, sütött a nap rendületlenül, a vakító augusztusi égbolton egy fikarcnyi felhő sem volt. Nem úgy Marco izzadó homlokán. A szeme megakadt a magányosan üldögélő menyasszonyon és pokolba kívánta az egész cirkuszt.

27

A zsebébe gyűrte a hozományos borítékot, a bárpultnál felhajtott egy dupla konyakot, aztán minden szókincsét összeszedve – persze csak úgy magában – cifra átkot szórt a Russo ház minden tagjára.

Mire az est leszállt és a vendégsereg szétszéledt, Marcot a kert végében a szerszámos sufniba találták meg a barátai, tök részeg volt. Hiába, nem volt menekvés, berakták pityergő menyasszonyostól a limuzinba és leszállították a Sheraton hotelba, a nászéjszaka tervezett színhelyére. Másnap délután repültek az óhazába, pontosabban a napsütötte Calabriába, hogy a "boldog" mézesheteket háborítatlanul élvezzék.

Mondani se kell, hogy az új asszony szűzen ébredt.

A szófán.

Marco ruhástól nyúlt el az óriás hitvesi ágyon, sem fizikailag, sem mentálisan nem volt abban az állapotban, hogy férji kötelezettségének eleget tegyen. A nagy inspiráció, a *3.456.965.24 $*, mint egy tűnő álom, a semmibe oszlott. Maradt a karikalábú, dobseggű, bajuszos béklyó, ami egy életre rabbá tette.

A kilátástalan helyzetére már az első félórában rájött. Nincs kiút a számára. Az a tény, hogy az egyház sosem engedné, hogy hivatalosan elváljon, teljesen másodrendű kérdés volt. A "familia" nem tűrné, hogy szégyenben hagyja Johnny the Fixer egyetlen, szeretett csemetéjét, az a biztos halált jelentette volna.

Marco Petrullo nem csak a szabadságát vesztette el azon a végzetes augusztusi délutánon, mikor az igent kimondta, hanem még le is degradálta magát egy olasz fajbika szintjére, hogy utódokat produkáljon – fizetség nélkül – annak a nyomorult Johnny Russonak.

Hogy ott forduljon fel, ahol van!

4. fejezet

Két hosszú év telt el, míg az átok fogott és Johnny The Fixer jobblétre szenderült. Persze kétes, hogy mennyivel lett jobb, ahova végül is került, függetlenül attól, hogy Monsignor Purificati mit igért a távozónak a bőkezű adományok ellenében.

Marco lassan beletörődött a sorsába, Angelina, vagy ahogy ő titulálta, Lina, tényleg jól főzött, amit a férj gömbölyödő pocakja is bizonyított. Hosszadalmas és türelmes trenírozás eredményeként, Lina elfogadhatóan szerepelt a lepedőn, meg a szőnyegen, a konyha asztalon, meg éppen ahol a Marcot az inger elkapta. Sose lett belőle bajnok, de hétköznapi

29

céloknak megfelelt, amihez a tisztességes méretű mellek nagyban hozzájárultak. Az olasz férjek haladó hagyományaihoz híven, Marco továbbra is gyakran kóstolgatta a tiltott gyümölcsöt, hogy a rákényszerített kispolgári létet színesebbé tegye.

Johnny Russzo végrendelete nem okozott különösebb csalódást, tudta, hogy mi var rá az első tíz évet illetően. Ami viszont tovább érlelte benne az elhunyttal szemben érzett gyűlöletet, hogy még a tíz éves határidőn túl is, a végrendelet őt, mint Marco Petrullot, meg se említette. Minden Angelia bizományi alapjára ment, majd az ő halála után az unokákra száll, ha lesznek egyáltalán. Mindeddig a rendszeresen ismételt kísérletek eredménytelenek maradtak. Nem Marcon múlott, ő buzgón ügyködött, gyakran gondolt rá, hogy a természet csinál vele egy rossz viccet és Linában van a hiba.

Johnny Russo kívánsága szerint, halála után a nagy házat eladták, egy millió kétszázezer, úgyszintén a kőbányát, két és fél millió, és a szőlészetet további másfél millióért. Minden pénz a konvertábilis részvény és értékpapírok számlájára ment. Közel kilencmillióra emelve az értéket. Míg az iroda népes ügyfeleinek társaságában a Russo alap közepesnek számított, Marco

Petrullo személyes felelőssége s annak megfelelően jövedelme számottevően megnőtt. Szigorú szabályok korlátozták az alappal kapcsolatos munkáját. Tiltva volt spekulatív részvényekbe befektetni. Szigorúan szabályozva volt a százalékos arány a különböző iparágakba és intézményekbe való befektetéseket illetően: pénzügy, ipari, energiai, állami hitelpapírok stb. Mennyi lehet a külföldi tőzsdéken jegyzett részvények aránya, mennyi tartalék készpénz lehet a biztonságos bankoknál elhelyezve, Zürich, Cayman, Izland és Belize. Ahol nem kell utána adót fizetni.

Az iroda belső felügyeletén kívül minden három hónapban, a pénzügyi évnegyedek végén részletes vizsgálatot végzett a Krauss & Co, a Russo Alap hites könyvvizsgálója, akit viszont Goldberg, Goldberg & Goldberg ügyvédi iroda sasszemű jogászai vigyáztak.

Johnny the Fixer nyugodtan lébecolhatott a mennyei berkekben, vagy sülhetett a pokol fenekén – hollétéről a vélemények megoszlottak – vagyona abszolút biztonságban volt.

Történt pedig 2007 őszutón, egy zimankós hétfői reggelen, hogy Marco kénytelen volt félbeszakítani a munkáját. Egy kimutatást, amelyen a hétvégén dolgozott, véletlenül otthon hagyott. Egy rövid negyedórás autóút után, sebtében felhajtott a ház elé, le se állította a motort, nem volt szándéka időzni és benyitott

31

a házba. A bejárati kis előtérből egyenesen a lefüggönyözött nappaliba lépett és megdöbbenve látta, hogy vendégei vannak. Két idegen férfi, ami önmagában még nem lenne feltűnő, de ez a két idegen a kis kávéasztal előtt térdelt, szemben a szintén térdelő Linával. Az asztalon vagy féltucat gyertya égett és a hármas gyülekezet annyira el volt merülve az imádkozásban, hogy észre sem vették, hogy a ház ura megérkezett. Teljes transzban, valamiféle monoton, ritmikus szöveget ismételtek, üveges szemekkel a plafont bámulva. Marco pillanatnyi zavarát legyőzve elüvöltötte magát.

– Hé! A keserves istenit, mi ez? Mars ki a házamból, míg szét nem rúgom a pofátokat.

A két idegen, szinte figyelembe sem véve a hisztérikusan kiabáló férjet, felállt és az idősebb lelkiatya halkan szólt az asszonyhoz.

– Béke legyen veled Angelika nővér. Közeleg az idő és a földi szenvedés hamarosan véget ér – majd Marcohoz fordult – legyen boldog uram, az élettársa a kiválasztottak egyike. Menjünk William testvér – szólt a társához – itt a mi munkánk már megteremtette a gyümölcsét.

- Ki, kifelé... ide be ne tedd a lábad még egyszer, nyomorult gazember... - és a nyomaték kedvéért egy jól irányzott belsővel az ajtóban még fenéken rúgta William testvért.

Hirtelenjében nagyon melege lett, szorította az inggallér, a méregtől beködösödött a szeme és az asszonyra förmedt.

- Földi szenvedés? Neked fogalmad sincs mekkora földi szenvedés vár rád. Honnan szedted elő ezeket a szélhámosokat? Mióta csinálod ezt a cirkuszt a hátam mögött? Hozzád beszélek, Porca Madonna! – fordította olaszra a szót, káromkodni könnyebben ment a második anyanyelvén.

Az asszony nem szólt y szót sem, két ujjal elcsípte a gyertyák lángját és némán kiment a szobából.

Marcoból ömlött az átkozódás, ment az asszony után a konyhába. Majd hirtelen a fejéhez kapott.

- Mit adtál nekik? Mennyit szedtek ki belőled?

Felszaladt a lépcsőn, a vendégszobában volt a kis otthoni irodája. Bekapcsolta a komputert és pillanatokon belül feltűnt a monitoron először a bank, majd a hitelkártyák forgalmi oldala. Megnyugvással látta, hogy a bankszámláról semmi sem hiányzik, de öröme rövid életű volt. A közös hitelkártya majdnem a maximumig meg volt terhelve. Nyolcezer dollár erejéig. Tízezer a maximum hitelkeret.

Marco akkorát csapott öklével az asztalra, hogy a ház beleremegett. Elseje körül fizette be a kártyára az előző havi vásárlásokért a tartozását, vigyázott rá, hogy ne csússzon a számla kamatfizetős határidőn túl. A hitelkártya napi ötszáz dollárig adott ki készpénzt, az utolsó hónapban, minden nap ötszáz dollár készpénzzel lett a számla megterhelve.

– Lina!!! Azonnal add ide a Visa kártyát.

Ordított magánkívül Marco és teljes erejéből rázta a néma asszonyt. Az csak nagysokára szólalt meg.

– Nincs!

– Mi az, hogy nincs?

– Martin testvérnek adtam.

– Megőrültél? Nyolcezer dollárt loptak le róla.

– Pénz engem nem érdekel, ahova én megyek, ott nem kellenek anyagi javak.

– Arról biztosítalak, te... te... te hülye barom...

Már, már ott tartott megpofozza, mikor megszólalt a mobil a zsebében. Az órájára pillantott...

– Te úristen... – motyogta magában és előszedte a telefont.

34

- Halló... Yes, Mister Silverstein? Igen, Főnök úr, tudom... valami fontos jött közbe, ügyféllel vagyok, húsz perc... max. fél óra és az irodában leszek.

Visszasüllyesztette a telefont a zsebébe és kissé lecsillapodva fenyegette meg az asszonyt.

- Veled számolok, ha hazajöttem. Ki ne menj a házból és ha megtudom, hogy azokat a kurva szélhámosokat még egyszer beengeded a házba, kitekerem a nyakad.

Az irodába menet, leparkolt a Royal Bank fiókja előtt és berontott a Manager irodájába.

- Tom! – a Manager piapajtása volt, le se ülve a felajánlott székre, egyszuszra mondta a mondókáját – komoly probléma! Lina valami vallásos szekta hatása alá került, már kiürítette a Visát, a mai ötszázat tíz perccel ezelőtt vették ki a kártyáról. Idejövet már telefonon leállítottam a kártyát, azt mondtam, hogy ellopták. Azonnal nyiss nekem egy új takarékszámlát és a közös számlánkról minden dohányt utalj át oda. Nekem, sajnos, mennem kell, Silverstein már kiabál, ma különösen erős a forgalom New Yorkban. Nem mulaszthatom el.

- Nyugi... nyugi öregem – Tom Corelli előhúzott egy kérdőívet a fiókjából – írd ezt itt alá, a többit majd én elintézem.

- Kérlek, hívj az irodában, fél hatig bent leszek.

- Találkozhatunk a Sheratonban hat után...?

– Ma nem – nem tudom, mit csináljak, Linát a helyére kell rakjam, mielőtt még valami baromságot művel.

– Jó szerencsét, Marco.

Kezet fogtak és Marco, amilyen sebtében jött, úgy el is rohant.

5. fejezet

Nagyon forgalmas napja volt, esett a részvények ára a new yorki tőzsdén és a torontói is a negatív területen mozgott. Felhasznált minden tartalékot, ami az ügyfelei számláján kihasználatlanul feküdt és néhány megbízható, de lefelé tendáló vállalat és intézmény részvényeibe fektette be. Jó érzéssel a legalacsonyabb ponton vásárolt s mire a piac életrekelt, a tőzsde zárasa előtt egy fél órával... eladott. Megelégedéssel vizsgálta a végeredmény számait és büszkén konstatálta, hogy az összesített számlák a nap végére 4.3%-os gyarapodást mutattak. A lázas ténykedések közepette teljesen megfeledkezett tisztelt neje tervezett mennybe meneteléről. Eredeti terveit félretéve mégiscsak megállt egy jól kiérdemelt italra a Sheretonba.

Tom Corelli hangosan üdvözölte, a szokásos ötórai bandával ült a törzsasztalnál

– súgva, hogy a többiek ne hallják, megnyugtatta, hogy a pénze biztonságban van az új takarékszámlán, és a zsebébe csúsztatta az új számla számát és az átutalást bizonyító nyugtát. Marco kézlegyintéssel vette tudomásul, nem akart rá gondolni és nem egy, de négy dupla burbonnal zsibbasztotta az agyát. Mire úgy tíz óra tájban felbomlott a társaság és taxival haza szállították – az egyik piatestvér vitte utána a kocsiját – és ahogy az elsötétített házba benyitott, csak egy gondolat foglalkoztatta, hogyan másszon fel az emeletre, hogy a hitvesi ágyban megnyugvást találjon. A hálószoba ajtaját sikerült zajtalanul kinyitnia, és sűrű bocsánatkérések közepette bújt az ágyba.

Lina hátat fordított neki és Marco megszokott mozdulattal ölelte át az alvó asszonyt. Abban a pillanatban, hogy markában érezte Lina ismerős, meleg, puha mellét, eszméletlen mély álomba merült.

Rémülten ébredt. Kiverte a hideg verejték, borzalmas álma volt.

Rómában járt, de nem a napsütötte, zajos városban, amire emlékezett. Ez a Róma sötét volt és néptelen. Árkokon és gödrökön, földhányásokon és pocsolyás tócsákon keresztül menekült. Nem volt útlevele, sem repülőjegye, a zsebe üres volt, se pénz, se hitelkártya. Alig vonszolta magát, nehezen mozogtak a lábai. Váratlanul egy zsákutcában találta magát, de az olyan volt, mint egy óriási futball stadion millió üvöltő drukkerrel. A kapuban Johnny the Fixer ült egy óriási tolószékben és ő volt az Isten. Neki tizenegyest kellet rúgnia, de nem volt erő a lábában, a labda csak néhány lábnyira gurult és a gonosz após röhögött.

Aztán Linát látta, fehér menyasszonyi ruhában és csodálatosan szép volt. Két angyal a karjainál tartotta fogva, mintha Martin és William testvérek lettek volna, az arcuk vörös volt és a szemük zöld fénnyel villogott. Lina nagyon szomorú volt és halkan súgta, hogy ő most megy a mennyországba és nem lesz vacsora főzve.

Riadtan ült fel az ágyában, sötét volt és hideg. Lina mélyen aludt a széles ágy másik oldalán. Az izzadságtól nedves inge, mint jeges páncél tapadt a testéhez. Nagy nehezen kimászott az ágyból és a fürdőszobába tántorgott. Ott fedezte fel, hogy még a nyakkendője is rajta van, a nadrágról, zokniról nem is beszélve. A rémálom és az előző este részeg képei kergették egymást, amint próbált kibújni a gyűrött, átizzadt gúnyából.

Lüktető fejfájás és éhség kínozta. Eszébe jutott, hogy tegnap dél óta semmit sem evett a maroknyi sózott mandulát kivéve, amit a bárban az italokkal felszolgáltak. Fürdőköpenybe bújt és lebotorkált a konyhába. A falióra négy óra húsz percet mutatott, kint még töksötét volt és esett az eső. Bekapcsolta az eszpresszó gépet és megelégedéssel konstatálta, hogy a tűzhelyen a szokásos jénai edényben, mint mindig, ha bejelentés nélkül kimaradt, ott várt rá a vacsorája. Betette a mikróba és nem telt bele néhány perc, a konyha megtelt a paradicsom és pármai sajt szívet-lelket melegítő illatával. Az éhes ember mohóságával falta fel az ételt, majd lefőzött egy erős feketét. Az éhség ugyan elmúlt, de a fejfájás maradt.

Nem tudott szabadulni a rémálom hatása alól. Az évek folyamán az apósával szembeni gyűlölete kissé megenyhült, de nem múlt el. Csapdában érezte magát, azon még az a tény sem változtatott, hogy a számottevő Russo Alap kezelése egy tekintélyes extra jövedelmet hozott a számára, de a nagy végösszeg, ami lassan elérte már a tíz millió dollárt, ott vigyorgott a képébe napi rendszerességgel. Minden normális, íratlan örökösödési szabály szerint az mind az övé lehetne, ha az a gonosz maffiózó bosszút nem állt volna rajta. Rabja lett saját meggondolatlan tettének, a vagyon reményében a szabadságát adta fel, örökre, visszavonhatatlanul.

Lina a mennyországba megy!

A kép újra meg újra megjelent előtte. Linát viszik az angyalok a mennyországba.

Hmmm. Nem is egy rossz megoldás. Kétségtelenül visszanyerné a szabadságát, de...

A tíz év elteltével, ugyan ő maga nem nyúlhatna hozzá a vagyonhoz, de ha az asszonyt okosan befolyásolná, élvezhetné a pénz előnyeit. Persze, az nem olyan mintha az övé lenne, továbbra is egy eltartott gigoló maradna. Igen megalázó, ha jól meggondolja az ember.

Lina a mennyországba megy.

Elhessegette magától a gondolatot. Micsoda marhaság, nincsenek angyalok, hogy életunt háziasszonyokat a mennybe emeljék.

Csinált magának még egy kávét, talált a konyhaszekrényben aszpirint, biztos, ami biztos, hármat lenyelt és elnyúlt a nappaliban a szófán. Nem telt bele sok idő, talán a tabletták hatására, a két kávé ellenére is elnyomta az álom.

Lina ébresztette fél nyolckor, mintha mi sem történt volna. Reggelit ajánlott neki és az újságot hozta. Marco reggelenként, míg a három tükörtojást és a ropogósra sütött szalonnaszeleteket elfogyasztotta, csak úgy sietősen átfutotta a Toronto Star üzleti oldalait, hogy majd az irodában figyelmesebben megeméssze a pénzügyi híreket. Hozzá tartozott a munkájához. Most csak intett némán és elvonult a fürdőszobába. Sebtében megborotválkozott, öltözött és mielőtt még elhagyta volna a házat Linával akart szót váltani. Az a konyhában ült és a szokásos tejeskávéját szürcsölgette, fel sem tekintett, ahogy Marco megállt előtte.

– Lina! Purificati atya tud a te mennybemeneteli terveidről?

– Ha odafigyelnél, hogy mi történik körülötted, tudnád, hogy több, mint fél éve én már nem járok misére, nem gyóntam, nem áldoztam a hamis, cifra katolikus istennek. Az Isten az én szívemben van, nem az arannyal, dollárral díszített templomokban. Monsignore Purificati az apám pénzéért ígért megváltást, az ő hazug szava nem ér fel az Isten füléhez. Miért járnék én hozzá vígaszért? Csak a pénz, az adomány nagysága érdekli.

– Te beszélsz? Nyolcezerötszáz dollárt adtál a te papjaidnak.

– Azok nem papok, csupán az Isten hírnökei, a pénz az ő áldott munkájukat segíti. Nekem már az evilági javakra nem lesz szükségem, mindentől meg kell szabaduljak, ami a földi élethez köt, hogy bebocsátást nyerjek az örök élet berkeibe.

– Lina, te barom! Hallod te magadat, hogy miket beszélsz? Örök élet, meg berkek? Ha akarsz sem tudsz megszabadulni a világi javaktól, az a gonosz, kegyetlen apád

41

gondoskodott róla. Még öt hosszú év, mielőtt akár egy centet is költhetsz a Russo vagyonból, addig az én munkámmal szerzett pénzemet adományozod a kurva hírnökeidnek. Megszabadulni a világi javaidtól? Ne röhögtesd ki magad. Hogy a fenébe képzelted te azt?

– Majd te segítesz. Te ügyes vagy, azt hiszed nem tudom mit csinálsz te a "familia" pénzével. Te azt hiszed Lina nem hall? Nem lát? Mert én csak egy ostoba, csúnya házi kurva vagyok, aki csak arra jó, hogy főzzön, mosson rád meg szétrakja a lábait, ha a kedved úgy kívánja és éppen nem akadt szebb meg fiatalabb a Sheraton bárjában?

– Lina te megőrültél? Miket beszélsz itt össze- vissza?

– Csak egy telefonomba kerül és véged... azt hiszed nem tudom? De egy szerető férj az asszonya mellett áll. Nem igaz? Gondold csak meg! - és egy kis gonosz vigyor jelent meg a bajusza alatt.

– Marco megdöbbenve hallgatta a szóáradatot. Nem is mert rágondolni hirtelenjében, hogy mivel, kivel áll szemben. Ez már nem csupán a Petrullo házaspár ügye. Tom Corelli a Royal Bank fiók managere, Joanne Brodsky az asszisztense, Mr. Silverstein az Ethera Inc. niagarai fiókjának a főnöke és természetesen Marco számos ügyfele, többek között a DiDonato, Brisciani, Batelli, Commissio családok elvitathatatlan érdeke forog kockán. Tudja-e egyáltalán az ostoba liba, hogy milyen veszélyben van? Hogyan fogja be az asszony fecsegésre kész száját? Az egyszerű megoldás volna egy telefonhívás a Batelli fivéreknek és Lina a mennyország helyett a városi hullaházban találná magát, valamiféle baleset áldozataként. Igen ám, de akkor végképp elköszönhetne a Russo millióktól.

A kegyetlen felismerés mellbe vágta. Ezt házon belül kell elintézni!

Csak nyugi, nyugi Marco Petrullo, mondogatta magának, de a kívánt nyugalom egyelőre elkerülte. Csak nézte, nézte az új, ismeretlen asszonyt. Lina fekete malacszemei fenyegetően szegeződtek a tétovázó férjre, az kénytelen volt a tekintetét elkerülni, gyűlt benne méreg, a keze ökölbe szorult, már-már attól tartott, hogy leüti. Tudta, hogy az nagy hiba volna, ezt másként kell elintézni. Egy mély lélegzetet vett és nyugalmat erőltetve magára, megszólalt:

– Ne menj sehova! Imádkozz, vagy mit tudom én mit csinálsz az időddel. Arra ne is gondolj, hogy a papjaid több pénzhez jutnak, lezártam a közös bankszámlát és a hitelkártyákat. Ha hazajöttem, majd folytatjuk, ennek még nincs vége. Figyelmeztetlek, hogy ne merj erről senkinek se szólni egy kurva szót sem. Egy név lebegjen a szemed előtt: Pietro Batelli. Nem kívánok mellé magyarázatot fűzni. Tudod te nagyon jól, hogy kiről beszélek. Ciao Baby!

És elment. Otthagyta az asszonyt, akin, úgy látszott, a fenyegetés nem hagyott különös nyomot. Tovább szürcsölgette a tejeskávét és nem Pietro Batellire, hanem az angyalokra gondolt, akik majd jönnek az éj leple alatt a csillogó űrhajón, hogy elvigyék a kiválasztottak közé, az örök élet kies mezejére, ahogy azt Martin testvér egyszer oly látványosan elmesélte, még a színes videót is lejátszotta a tévén, amit az utolsó ilyen alkalomkor ő maga vett fel.

Hiteles szemtanúként.

6. fejezet

Marco számára egy pillanatra sem volt kétséges a szituáció komolysága. Már nem Lina tervezett mennybe menetele volt a probléma – ami önmagába véve nem is olyan rossz ötlet – hanem a kilátásba helyezett zsarolás, a távoli de valóságos lehetőség, hogy a barom nőnek eljár a szája. A kézenfekvő megoldás, a "családi" tradíció szerint az volna, ha jelentené a felmerült problémát a Batelli testvéreknek, elvégre is tudott dolog volt, hogy ők voltak hivatottak a személyzeti problémák gyors és hatásos megoldására.

"Majd te segítesz" Mondta az asszony, mármint likvidálni a Russo Alapot, mentesíteni őt a földi javaktól! Ez a mondat indított el benne egy gondolatsort. Egy lehetőség derengett fel előtte, egy nem várt megoldás minden jelen és jövő problémájára. A "mi lenne, ha" különböző variációja foglalkoztatta, s mire az irodába ért, a terv megszületett. Nem teljességében, sok apró részlet hiányzott még, de amire eddig nem is gondolt, éppen bizalmi pozíciója teszi lehetővé, hogy Lina kívánsága szerint likvidálja a földi javakat, ha nem is az Isten hírnökei, de Marco Petrullo javára.

A számok embere volt és a sikeres tőzsdei adás-vétel az időzítésen múlik. Alig figyelt a piac délelőtti forgalmára, semmi izgalmas nem történt, minden gondolatát a terv kidolgozására fordította. Mindenekelőtt megcsinálta a "teendők" listáját. Napról napra, hétről-hétre. Csak semmit sem elsietni, nyugi kispajtás, bíztatta magát.

A komputeren egy új mappát nyitott dupla, komplikált jelszó mögé, és megjelölte, a *"Hat lépés a szabadsághoz."- névvel.*

Még aznap, munka után, beugrott a Sheraton bárjába, hogy szót váltson Tom

Corellivel. Fontos ügyekben sose tárgyaltak az irodában, vagy telefonon, a zajos bár volt a legjobb színhely az információk bizalmas közlésére.

– Új kliens, jelentős összegek mennek majd át az elkövetkezendő hónapokban, kérlek szólj Joannenak, név Niagara Consulting Inc. intézze a nemzetközi számlaszámot. Nagyon bizalmas.

Milyen úton?

A szokásos, Toronto, New York, Zürich. A mosoda!

A pincérlány hozta az italokat, mint ahogy a jó ismerős, állandó vendégeknek kijár, beszámolt a napi pletykákról, kokettált, ahogy az már illik, majd magukra hagyta őket.

A másik, amiről beszélni akartam – folytatta Marco – Lina komoly bajba keveredett, egy valag pénzbe fog kerülni, hogy rendbe tegyem. Arra gondoltunk, hogy kölcsönt veszünk fel a házra.

– Nem hiszem, hogy probléma lenne, az ingatlan tiszta, közös néven van? Mennyire gondoltál?

– Száz kiló.

– Nem probléma. Mennyi az? Hatvan, hatvanöt százaléka az értéknek? Hozd be Linát, elkészítem a papírmunkát, aláírjátok és a szokásos néhány nap múlva a dohány a számlátokra megy.

Nyugalom és határtalan önbizalom vett rajta erőt.

Fog ez menni! - biztosította önmagát.

Még aznap este Linát vette kezelésbe, hogy egyrészt, hogy elterelje a figyelmét a bosszúállásról, másrészt megnyugtassa, hogy a mennybemenetele most már az ő jóváhagyásával és személyes asszisztálásával fog megtörténni. Részletekről még őneki magának sem volt tiszta képe, nem volt különösebb híve az erőszaknak. Egyelőre nem is volt mersze rágondolni, majd csak kieszel valami steril módszert. Idő kérdése.

A szokáshoz híven a konyhában tálalta Lina a vacsorát. Aznap, még a tehetősebb olasz házaknál is ritkaságba menő nyulat készített az asszony, a la Milanese. Egyben sütötte meg, fedő alatt, hagyma, sárgarépa és zeller körítéssel, vörösborral öntözgetve. Hosszadalmas és nagy figyelmet igénylő folyamat, hogy míg az állat szép pirosra sül, ki ne száradjon. A milánói mártás, amivel gazdagon leönti tálalás előtt, külön dicséretet érdemelne. Enyhén pikáns, tejszínes és paradicsomos szósz, friss rozmaringgal és oregánóval fűszerezve, csak annyi parmai sajttal elkeverve, hogy annak illata megsokszorozza az ember étvágyát. Mindez zöld, spenótos spirál tésztán felszolgálva. Hmmm.

Marco egy üveg vörösbort nyitott, szótlanul ettek, gyakran emelgetve a poharat. A nappaliból átszűrődött a helyi softrock rádióállomás adása. A külső szemlélő – ha lett volna olyan – nem is sejtette volna, hogy mi rejlik e békességes családi idill mögött. Egyelőre a felszín sima és háborítatlan, a jó vacsora élvezete volt műsoron, minden várhat, majd, ha az utolsó falat is eltűnik, ha az utolsó csepp vörös is elfogyott, amikor a jólakottság egy sóhajban és a nadrágszíj megoldásában jut végső kifejezésre, akkor lehet majd beszélni. Addig csak a csend, a vihar előtti csend ül mázsás súllyal az asztal felett.

Marco, miután kihörpintette a maradék borát, megtörölte a száját az asztalkendőbe és kimért nyugalommal szólalt meg.

– Lina, ez a te mennybemeneteli terved...– de be se tudta fejezni a mondatot, az asszonyból kitört a sírás.

– Elrémítetted őket, sose jönnek már vissza... mi lesz most velem – kiáltotta a kétségbeesett asszony és rázta a zokogás.

– Hé, hé, hé... az úristenit neki, ne bőgj, várd ki, mit akarok mondani.

- Nem jönnek vissza - hajtogatta Lina - a telefonjuk is ki van kapcsolva, hiába próbáltam hívni... mi lesz most velem.

Marco egy pillanatra elvesztette a gondolat fonalát, arra nem is számított, hogy a *hírnökök*, miután kiürítették a hitelkártyát, odébb állnak, különösen, hogy ki lettek rúgva. Tervének egyik kulcspontja, éppen az asszony "mennybemeneteli" hite lett volna. Mindenképpen semlegesíteni kell Linát, hogy a figyelem az ő hóbortos hitére terelődjön. Tom Corelli, a bank Manager közreműködését, és annak minden esetleges gyanúját elterelni lett volna hivatott. Az egész kölcsön ügye forgott veszélyben, és tervei végrehajtásához készpénzre volt szüksége és nem is kevésre. Lina hite, hogy a földi javaikat likvidálják - ergo a jelzálogkölcsön - a várható mennybemenetelére volt építve.

Hogy időt nyerjen, felállt az asztaltól és még egy üveg vörösbort nyitott. Megtöltötte Lina poharát és engesztelően nyújtotta neki.

- Ne bőgj, azzal nem megyünk semmire. Itt van, igyál egy kortyot.

Lina szerette a borocskát és rendszerint néhány pohár után hangulata határozottan javuló tendenciát mutatott. Marco már a szerencsétlen kimenetelű házassága elején rájött, hogy néhány pohár bor után a szégyenlős asszonyt sok mindenre rá lehetett venni. Az eredmény elviselhetővé tette a rabságot.

Marco visszaült az asztalhoz, egy kissé közelebb húzta a székét az asszonyhoz és az együttérzés látszatát magára erőltetve, kezdte el a mondókáját.

– Tudod Lina, sokat gondolkoztam ezen az egész dolgon, mármint kiválasztottnak lenni. Sose voltam vallásos, utálom a papokat, meg az egész cirkuszt. Nekem nem kellett félnem a másvilágtól, nem úgy, mint az apádnak, akit a vén Purificati a purgatóriummal zsarolt.

– Hagyd az apámat... nem akarok róla még beszélni sem.

– Jó, jó... csak azt akartam mondani, hogy megértem a kiábrándultságodat és mind jobban és jobban érzem, hogy talán igazad van.

– Marco, te őszintén beszélsz? – hitetlenkedett az asszony. – Nem haragszol rám?

– Hát persze, hogy nem. Sőt, hogy lásd kivel van dolgod még segítek is megkeresni a barátaidat, meg amit még lehet. De azt tudod, hogy a házon kívül semmihez sem tudok nyúlni. Ha csak el nem adjuk, kölcsönt is csak ötven-hatvan százalékig tudunk felvenni.

– Az is több mint a semmi. Martin testvér mondta, hogy nagyon híján vannak a pénznek és a sok utazás, meg a hotel a hírnököknek sokba kerül.

– Hotel? Hotelben laknak.

– Ja, valamilyen motelben, nem is tudom hova valók, utaznak szerte az országban, meg az USA- ban is. Viszik a hírt.

Lassan kiürült a borosüveg, meg még a harmadik is, békés hangulatban tervezték a menybemenetelt. Lina elmesélte, hogy Martin testvér szerint éjszaka jön az űrhajó és talán jó is lenne kivilágítani a házat, hogy megtalálják. Valamiféle jelet kellene adni. Fényjeleket, mint a tévén lehet néha látni. Nem tudni, mikor kerül majd rá a sor, kevesen vannak, és az űrhajó csak egy két személyt tud vinni egyszerre. Marco megígérte, hogy majd ő érdeklődik, hogy mi lenne a leghatásosabb. Talán egy villogó lámpa, mint amilyen a rendőrautókon van.

Éjfelre járt már az idő, amikorra minden fontos részletet megbeszéltek és Marco felsegítette a kuncogó, spicces angyaljelöltet a hálószobába és közös erővel főpróbát tartottak mennybemenetelből.

Több ízben.

7. fejezet

Kissé másnapos állapotban késve érkezett Marco az irodába. Az első dolga volt – amint a komputere életre kelt, hogy felnyitotta a Visa hitelkártya napi kimutatását. A részletes lista nem csak a megterhelés összegét mutatta ki, de még az automata helyét is ahol felvették. Mind a tizenhét, 5oo dolláros összeget a város északi részén lévő Stanford Plaza, Niagara Hitelszövetkezet utcai automata kasszájából vették ki. Marco nagyon jól ismerte a környéket, arra is emlékezett, hogy a kis plázával szemben egy nagyobb méretű motel is van. Logikus következtetés szerint, nem volt számára kétséges, hogy a *hirnökök* ott szálltak meg. Bár mennyire is foglalkoztatta a lehetőség, hogy ott megtalálja Martin testvért, halasztania kellett a nyomozást, semmi esetre sem hagyhatta el az irodát a délutáni tőzsde-zárás előtt.

A torontói, meg a New yorki tőzsde is igen langyosan indult, a nap viszonylag csendesnek ígérkezett. Marco úgy döntött, hogy ha csak egy rendkívüli adás-vételi lehetőség nem kínálkozik, vagy valamelyik türelmetlen ügyfél nem zavarja valami zseniális meggazdagodási ötlettel, az idejét fontosabb munkára fordítja.

November 2. mutatott a kalendárium az asztalán s már előző nap bejelölte a lényeges határidőket. December végére volt esedékes a könyvvizsgáló negyedévenkénti, kétnapos látogatása, de mint minden évben, még karácsony előtt megcsinálták, hogy Krauss & Co főnökei a két ünnep közötti időt Florida napos partjain tölthessék. A karácsony és újév közötti öt nap jó alkalomnak ígérkezett, hogy terveinek jó részét végrehajtsa, amikor a teli gyomor és az ünnepi, hagyományos italozás eltompítja az agyakat. Arra számított, hogy akkor a legkisebb a lehetőség arra, hogy valaki gyanút fogjon.

A nagy napot, január 12-re, a hónap második vasárnapjára tervezte.

Reggel 10.30: e-mail jött a Royal Banktól, hogy Joanne Brodsky megnyitotta az üzleti bankszámlát a Niagara Consulting Inc. nevére.

Első lépés a szabadsághoz.

A hír kézhezvétele után Marco azonnal kapcsolatba lépett a zürichi, P.B. Ludwig & Bauer Bankverein igazgatójával és egy új számlát nyitott. A kis magánbank alig volt ismeretes a pénzügyi berkekben, ahogy mondani szokás, főleg a radar alatt működött. A nemzetközi valutaforgalom szabályai szerint a bank volt az utolsó ismert állomása bizonyos kényes természetű átutalásoknak. A számla tulajdonosa ismeretlen volt, nem név, hanem egy hat számjegyű kód alatt tartották a betétet, rendszerint csupán néhány percre, mielőtt a tetemes összeg eltűnt valahol a világ másik oldalán, minus 5%, ami Ludwig és Bauer urak jóléti alapján maradt a szolgálataik jutalmul. Tiszta üzlet. Senki sem kutatta a pénz eredetét, vagy végcélját, a svájci törvények védték a titkokat.

Második lépes a szabadsághoz.

Délután 5.15: Marco végzett a napi teendőkkel, kikapcsolta a komputereket, eloltotta a lámpát az íróasztalán és sietve elhagyta az irodát. Még pár szót váltott az iroda vezetőjével az irodaház parkolójában, alig várta, hogy megszabaduljon tőle, és sebtében elhajtott.

Nem hazafelé, nem a Sheraton Hotel felé, hanem a város északi negyede, a Stanford pláza irányába. Maga sem tudta volna megmagyarázni, hogy mit vár a kirándulástól, de azt tudta, hogy valamiféleképpen meg kell, hogy találja

Martin testvért. Nem a pénz izgatta, ha azon múlik a terve, hát legyen az egy jól meggondolt befektetés, de meg kell békíteni Linát, ébren kell tartani a mennybemeneteli hiedelmét és ahhoz kell a szélhámos hittérítő.

Mivel a pénzt a Stanfordi Hitelszövetkezeti fiók automatájából vették ki, arra e következtetett, hogy a közeli motelben szálltak meg. Feltételezte azt is, hogy nem csupán Lina volt az egyetlen "ügyfél" és ha kénytelenek voltak is Linát ejteni Marco goromba közbelépése után, nem valószínű, hogy feladták volna a többi potenciális áldozatot. Csak türelem és idő kérdése, hogy megtalálja őket.

A McDonaldnál vett egy hamburgert meg egy kólát és leparkolt a kis pláza elött, ahonnan a Hitelszövetkezetet és a motelt is szemmel tudta tartani. Abban reménykedett, hogy a misszionáriusok előbb-utóbb hazatérnek, ha egyáltalán ebben a motelben laknak, vagy az automatát használják. Bekapcsolta a kocsi rádióját, kényelembe helyezte magát a hosszadalmas várokozásra.

Semmi sem történt. Emberek jöttek-mentek, lassan besötétedett, már erőltetni kellett a szemét, hogy a motelszobák ajtóit figyelemmel tudja kísérni. Nyolc óra felé feladta a kísérletet, hogy Martin testvért fülön fogja és haza hajtott.

Egyszeribe lehetetlennek látszott, hogy ily módon megtalálja majd az Isten hírnökét.

Optimizmusa nagyban csökkent, más megoldást kellene találni, gondolta. De semmi épkézláb ötlete nem támadt.

Linát a nappaliban találta, ült a sötét házban és imádkozott. Fel sem tekintett, ahogy Marco lámpát gyújtott.

– Ciao... – köszönt rá Marco, igyekezett közönyös hangsúlyt adni a szavainak – van-e valami kaja, sok papírmunka volt, amit be kellett fejezzek. Te vacsoráztál?

– Igen. A sütőben van a sült, már biztosan csonttá száradt.

– Miért ülsz itt a sötétben. Legalább a tévét kapcsolnád be. Olyan ez a ház, mint egy kripta – még az előszobából visszaszólt, csak úgy mellékesen – a barátod nem jelentkezett?

– Már miért jelentkezett volna, hogy ismét ki legyen rúgva – pityergett az asszony.

– Hagyd már abba. Majd én megtalálom, csak ne bőgj. Aztán mehetsz a mennyországba, mit bánom én...

A sertésborda tényleg kiszáradt, de Marco olyan éhes volt, hogy panasz nélkül bevágta, csak úgy a konyhapultnál állva és leöblítette egy nagy pohár vörössel.

A gondolatai szinte szünet nélkül a nagy terv körül mozogtak. Már tisztán látta a végeredményt, de részletek még kidolgozásra vártak. Kétség sem fért ahhoz, hogy a Russo vagyon hozzáférhető részéhez akar hozzájutni, csak azon csodálkozott, hogy mindez előbb nem jutott eszébe. Olyan környezetben nőtt fel, élt és dolgozott, hogy a morális gátlások nem korlátozták. Pénz az pénz, szaga nincs, ahogy mondani szokás. Csupán a Lina-ügyet kell észszerűen megoldani. Az asszony mennybemeneteli vágya nem csak a nagy tervet szülte, de az Marco teljes szabadságának a kulcsa is. Szerencsére nem voltak különös családi kapcsolatai. Gyakran hetek is elteltek anélkül, hogy valami rokonféle zaklatta volna őket. Marconak nem voltak a városban rokonai, Linát meg kerülték a Russo unokatestvérek, a néhai Don Giovanni nem volt valami népszerű tagja a családnak és az utálat halála után, igazságtalanul Linára szállt.

November 15. du. 5.20

Munka után találkozott Marco az asszonnyal a Royal Bank előtt. Előzőleg már Tom Corelli biztosította, hogy a jelzálogkölcsön papírjai készen vannak, csak alá kell, hogy írják. Marco emlékeztette a Managert, hogy a kölcsön összegéről nem kell beszélni, Lina úgy sem érdeklődik pénzügyekben, kár lenne felzaklatni, hogy a ház, az apai örökség egyetlen kézzel fogható tárgya el lesz zálogosítva.

Tom Corelli szívélyesen üdvözölte őket. A nagy íróasztal előtt két kényelmes karosszék várta a klienseket, hogy egy életre elkötelezzék magukat. A Manager kiterítette a papírokat, keresztet rajzolt az aláírás helyére és Line elé tolta.

– Itt írd alá, meg itt, meg itt… – és Lina gépiesen kanyarította oda a nevét, abban a hiszemben, hogy ezzel megteszi az elsőlépést az üdvözüléshez, megszabadulva a földi javaktól. Bezzeg, ha tudta volna. Miután Marco is aláírta a papírokat, kézfogással búcsúztak, Tom Corelli még meg is ölelte az asszonyt, sajnálkozva biccentett a barátjára, ahogy azok elhagyták az irodát. Nem irigyelte Marcot, nem egyszer hallott olyat, hogy a vallásos őrület családokat rombolt szét, amikor egyik, vagy a másik fél valami szélhámos szekta hatása alá került. A százezer dollár könnyen rámehet az asszony hülyeségére. Még egy bizonyos mértékig együtt is érzett barátjával, egy kis fintor kíséretében és megnyugtatta magát, hogy az *not my business.*

Két nap múlva miután Marco megnyugodva látta a bank internetes kimutatásán, hogy a százezer dollár ténylegesen rendelkezésére áll átutalt egy nagyobb összeget a hitel kártyára és felemelte a napi készpénz kivételi összegét ötszáz dollárról, ezerre.

Harmadik lépés a szabadsághoz.

Hogy Tom Corelli gyanúját elkerülje, nem vett ki nagyobb összeget a bankszámláról, hanem minden második, harmadik nap a hitelkártyáról húzott le különböző összegeket, öt és tizezer dollár között és internet útján egyenlítette ki a kártya hitelkeretét.

Úgy számított, hogy kell húsz-harmincezer készpénz a tervei végrehajtásához, hogy amikor az idő eljön, sem bankszámlát, sem hitelkártyát ne kelljen igénybe vennie.

Meglepetésére Lina határozott követeléssel állt elő, adjon neki tizezer dollárt arra az esetre, ha az Isten hírnökei megjelennének, legyen mivel bizonyítania a komoly szándékát, hogy a földi javaktól ténylegesen meg kíván szabadulni. Hosszas vita után megegyeztek ezer dollárban. *Szükséges befektetés,* nyugtatta meg magát Marco, amint az angyaljelölt a köténye zsebébe süllyesztette a pénzt. Persze, a hírnököknek nyoma veszett, naponta megjelent Marco munka után a Stanfordi plázán, abban a reményben, hogy megtalálja őket. Minden szerencse nélkül. Be kellett látnia, hogy más megoldást kell találjon.

Kerülte a haverokkal való találkozást, a Sheraton bárjába el se ment, hacsak valami megbeszélni valója nem akadt Tom Corellivel. Szórakozottsága magára vonta volna a figyelmet, amire legkevésbé volt szüksége. Attól tartott, hogy Tom elfecsegte a Lina ügyét az asztaltársaságnak, bár ez a terv előnyére vált volna, de nem szerette az *együttérző* tekinteteket. A társaság majd mindegyik tagja nős volt, gyakran volt téma egyik vagy másik asszony "furcsasága". Megtárgyalták a panaszos férj helyzetét, bőven látták el tanáccsal. De most valahogy Marco nem kívánt téma lenni.

Napok óta szakadatlanul esett az eső, mindenkire nyomasztóan hatott a front. Az időjárástól függetlenül is, Lina hangulata sötétre fordult, mind gyakrabban és gyakrabban mulasztotta el a főzést, az egyetlen dolgot, amit azelőtt lelkesedéssel csinált. Olyankor hozattak valamit enni, pizzát többnyire. Volt egy valódi olasz Pizzéria, ahol a tradicionális fafűtéses kemencében sütötték a népszerű lepényt. Egy büszke olasz, mint a Petrullo házaspár is, semmi körülmények között meg nem ette volna a Pizza Hut, vagy a hasonló, amerikanizált üzlet korcs hamisításait.

Az este is üresen állt már a nagy pizzás doboz a konyhaasztal közepén, mind ketten szótlanul emelgették a borospoharat. Nem volt miről beszélni. Marco gyakran az órájára nézett, mint aki alig várja, hogy az idő múlásával megszabaduljon a kellemetlen társaságtól. Lina szórakozottan babrált az asztalkendőjével, fel se pillantott, amikor megszólalt a bejárati csengő. Egyikük sem mozdult, mire Marco türelmetlenül rászólt az asszonyra.

– Menj már, nézd meg, ki az isten zavar ilyenkor.

– Miért nem mész te?

– Linaaa! – förmedt rá fenyegető hangsúllyal – menj, ha jót akarsz!

Az asszony kelletlenül állt fel az asztaltól, hogy a váratlan látogatónak ajtót nyisson. Marco felállt az asztaltól és az ajtó mögött hallgatózott.

– Mrs. Petrullohoz van szerencsém? Lina Petrullo?

Kezdte a mondókáját a jövevény.

– Igen – szólt az asszony bátortalanul.

– Martin testvér küldött, az ő üzenetét szeretném tolmácsolni.

Lina a szívéhez kapott, alig tudott megszólalni a meglepetéstől. A férfi, olyan korai negyvenes, jól öltözött figura, hajadonfőtt állt a kis teraszon, bibliát szorongatott a balkezében, mosolyogva nézte az asszonyt.

– Talán, ha bemehetnénk – szólt, és megfogta Lina karját és mintha ő lenne otthon és nem az asszony, belépett a nappaliba.

– Természetesen, kérem tessék befáradni – majd oda súgta – itthon van a férjem, nem nagyon tudunk beszélgetni. Foglaljon helyet – mutatott Lina a szófára.

– Martin testvérnek sürgősen el kellett utaznia, új jelöltek vannak Fort Erieben, meg Wellandon. Viszi az Úr üzenetét a kiválasztottaknak. Hamarosan itt az idő, el kell készülni.

– Ezzel azt a karja mondani, számomra is van még remény.

– Természetesen, Lina nővér. Ön is a kiválasztottak közé tartozik, az már visszavonhatatlan.

– Jaj Istenem, milyen boldoggá tesz.

– Én azért jöttem, hogy figyelmeztessem a közelgő nagy eseményre és biztosíthassam Martin testvért, hogy Lina nővér készen áll a nagy útra.

– Mit kell tennem.

– Azt, ugye, mondanom sem kell, hogy nem szükséges ruhafélét vagy útravalót csomagolnia, de öltözzön melegen. Fel kell hívjam a figyelmét a higiéniára. Feltétlenül frissen fürödve várja a nagy eseményt. Ne használjon semmi szagosítót, parfümöt. Kapott influenza védőoltást az idén?

– Nem szoktam. Az kell? – kérdezte ijedten az asszony.

– Abszolúté. Azonnal menjen az orvoshoz. Nem akarjuk, ugye, megfertőzni az útitársakat. Különben viselkedjen úgy, hogy senkiben gyanút ne keltsen. Lássa el a házimunkákat, tegyen eleget a házastársi kötelezettségének és akkor minden rendben lesz. Az égiszekér az est leple alatt fog megjelenni, szükséges lesz, hogy a ház előtt megfelelő hely legyen. Fényjelzésre is szükség lesz, hogy a pilóta angyal el ne tévessze a házszámot. Valami villogóféleség.

– Majd megkérem a férjemet, hogy találjon valamit – hirtelen a fejéhez kapott – Jaj istenem, majd elfelejtettem. Várjon egy pillanatra.

És szaladt a konyhába, Marco a benyílóban hallgatózott, az utolsó pillanatban dobta le magát az asztal mellé és ártatlan pofával kérdezte.

– Ki zavar ilyen későn?

– Üzenet Martin testvértől – súgta az asszony és a konyhaszekrény fiókjából egy borítékot szedett elő.

– Az mi? – kérdezte Marco.

– Semmi közöd hozzá... – és visszaszaladt a nappaliba.

– Kérem – szólt boldogságtól ragyogó asszony a hírnökhöz, átadva a borítékot – adja át ezt a csekélységet Martin testvérnek. Sajnos, többet most nem tudok küldeni, de majd igyekszem pótolni.

– Minden cent számít... Köszönjük – és zsebre vágta a látogató a pénzes borítékot. Számolatlanul. – Azt hiszem, az én küldetésem ezzel teljesítve van, jobb is lesz, ha megyek. Még néhány kiválasztottat kell meglátogassak a jó hírrel.

Marco sebtében hagyta ott a búvóhelyet és a nappaliba lépve intett az asszonynak.

– Maradj csak Lina drága, majd én kikísérem az urat.   Marco a hírnök könyökét fogva kitessékelte és halkan becsukta maga mögött az ajtót. Mikor magukra maradtak, Marco nagyot csapott a misszionárius hátára...

– Öregem, óriási voltál. Oszkár díjra érdemes produkció volt.

– Mindig is szerettem volna színész lenni.

– A biblia jó ötlet volt, nem is tudtam, hogy van ilyesmi nálad a háznál.

– Ez? Te hülye vagy? Villanyszerelők bibliája. A városi építkezési kódex, gondoltam nem árt egy kis klerikális kellék. Úgy látszatra semmi különbség.

– De higiénia? Meg védőoltás?

– Nem jutott már más eszembe. Gondolod, hogy bevette?

– Abszolúté. Buta szegény, mint a segg. Kössz, pajtás. Majd erre iszunk egyet.

– See you than... - köszönt el a *hirnök*.

Marco még utána szólt:

– Hej, Rusty... nem felejtesz el valamit?

– Mit?

– A boríték a zsebedben.

– Oh... szameg, miért kell neked beleszólni a Jóisten ügyeibe... – és röhögve nyújtotta át Marconak a pénzes borítékot.

Lina ragyogott a boldogságtól és friss üveg Chiantit nyitott. Még sokáig üldögéltek a konyhaasztalnál, Marco megígérte, hogy elrendezi a garázst az égiszekér fogadására. Úgy is ideje volt már kidobni a sok összegyűlt limlomot. Lesz majd villogó stréb reflektor meg hangulatvilágítás. Igencsak emelgették a poharaikat és mire a második üveg kiürült, emelt hangulatban tértek nyugovóra.

Marco a szokásos mozdulattal markolta meg Lina mellét és húzta magához.

– Marco! – tiltakozott az asszony – én inkább a megváltásra gondolnék most.

– Kell ennél jobb megváltás? Emlékszel, mit mondott a hírnök a házastársi kötelezettségről? – és szaporán morzsolgatta Lina keményedő mellbimbóját...

– Oh, ja – kuncogott – majd elfelejtettem.

És egy gyakorlott, gyors mozdulattal lekapta magáról a hálóinget.

8. fejezet

Ha egy idegen tévedt volna a Petrullo szomszédságba, vagy akármelyik kisvárosi lakónegyedbe, csodálkozhatott volna, hogy ugyan miért állnak a kocsik a csukott garázsajtó elött, még a legkegyetlenebb kanadai télben is. Helyenként nem is egy, de két, három kocsi parkol az aszfaltozott bejárón, egyenként harminc-negyvenezer dollár értékben, míg a tágas garázs színültig tömve értéktelen limlommal, amit a tulajdonosok az évek során összegyűjtöttek. Elképesztő, de ez így van. Néhanapján aztán mikor már elviselhetetlenné válik a zsúfoltság, kiadja a ház ura a parancsot, rendszerint a kétségbeesetten tiltakozó csemetéknek, hogy takarítsák ki. Majd, amikor a sok limlom felhalmozva áll a járdaszélen, a szomszédok és a városi rend őreinek türelmét már kimerítette a ház ura, fog csikorgatva kiizzadja a száz dollárt, amiért a privát szemetes elviszi a cuccot. Aztán kezdődik minden elölről.

Marco a teljes hétvégét a garázs kitakarításával töltötte el, hogy Lina méltó környezetben várhassa az égiszekér beigért érkezését. Már csak a kerti szerszámok, a fűnyíró meg a létra maradt hátra a garázs jobboldali falára akasztva. Marcot hirtelenjében egy leküzdhetetlen alkotóvágy fogta el és mielőtt még kidobta volna a félig beszáradt festékes dobozokat, vörös és fekete ákom-bákomokat mázolt a nagy, szemben levő falra. Félredőlt kereszt, ötágú csillag fonódott össze. Hogy mit jelentett volna, halvány fogalma sem volt, de ahogy kihátrálva, hunyorítva, szemügyre vette a mesterművet, megelégedéssel látta, hogy a piros lámpa fényében igen hatásos lett. Hozzáadva az ajtó fölött villogó halogén lámpát – nincs az az űrutazó angyal, aki elvétette volna a landolási célt – állapította meg egy rafinált vigyorral a fondorlatos férj.

Lassan gyűlt a készpénz Marco fiókjában, alkalmanként, munka után, átruccant az amerikai oldalra és nagyobb összegeket váltott át amerikai dollárra.

December másodikán, egy szombati napon zsebrevágta az elkészített borítékot tízezer dollárral, és kora reggel elindult Torontóba. Nem mintha magyarázattal tartozott volna, de Linának azt mondta, hogy üzleti ügyben kell mennie. Nagyon rossz volt az út, bár a forgalom a szokásos téli hétvégére való tekintettel viszonylag gyér volt, de Hamilton közelében jeges, sűrű eső fogta el, és két nagyobb baleset lelassította az útját. A másfélórás út közel három óra hosszáig tartott. Dél felé járt, amikor leparkolt a városháza alatt lévő garázsba. Célja ugyan elég messze volt onnan, de úgy gondolta, hogy okosabb, ha gyalogosan közelíti meg. Egy régi, buffalói ismerőse adta meg a címet és a szükséges információkat.

Queen street, East, No. 453. Már messziről látta az üzlet bejárata fölött függő három rézgolyót, a zálogházak nemzetközi jelképét. A vasrácsokkal biztosított ajtó zárva volt és kis tábla ajánlotta a látogatónak, hogy nyomja meg a csengő gombját. Egyszer. Pirossal volt aláhúzva a szó: egyszer. Marco szót fogadott és kis idő múlva fémes kattanás jelezte, hogy az ajtót ki lehet nyitni. Belépett a szűk üzlethelyiségbe és egy tipikus zálogházban találta magát. Volt ott minden, amitől a gazdáik néhány dollár ellenében hajlandók voltak megválni, ideiglenesen. Az esetek nagy százalékában persze tudták, hogy visszaváltani az értékeiket soha sem tudják, a felhalmozódó kamat meg a kölcsön összege kizárta ezt a lehetőséget és itt fekszik, lóg, hever a szegénység sok-sok elhagyott kelléke, várva, hogy majd valaki megveszi. Gitár és videokamera, elektromos körfűrész meg apáktól örökölt zsebóra ajánlotta magát a belépő vevőnek, ha volt. Kétes.

Az üveges pult mögött egy sovány emberke állt, lehetett vagy ötven éves, bár nehéz lett volna megállapítani a korát. Farmert meg fekete T-shirtot viselt, fakuló nagy betűkkel hirdetve, hogy "Jesus love you". Aranykeretes szemüveg félúton lógott az orrán. A félig égett, rágott vastag szivart egy gyakorlott mozdulattal passzolta át a szája balsarkába és szívélyesnek aligha mondható szűkszavúsággal érdeklődött, hogy mit akar az idegen.

Marco alig tudta leplezni az idegességet, s ami nála szokatlan volt és bátortalanul szólalt meg.

—Van egy antik nyakék, az anyámtól örököltem, szeretném, ha megnézné.

A zálogos szemrebbenés nélkül, miután vissza csúsztatta a szivart a szája jobb csücskébe, felemelte a pult elzáró lapját és szó nélkül intett Marconak, hogy kövesse. Az üzlet végében egy szűk ajtón keresztül kis irodahelyiségbe léptek, majd onnan egy másik ajtón keresztül a megszeppent Marco egy raktárféleségben találta magát.

– Mi kéne? – tette fel a kérdést a szivaros.

– Amerikai útlevél, meg jogosítvány.

– No problema – egy lógó madzaggal fehér lepedőfélét húzott le a plafonról és kinyújtotta Marco elé a tenyerét.

– Oh, ja, bocs – a farzsebéből elhúzta a borítékot és átadta az embernek. Az szó nélkül egy fiókba sülyeztette.

– Meg se számolja? – kérdezte Marco.

– Kedves barátom, az én klienseim nagyon óvatosak, többszörösen megszámolják a dohányt, mielőtt megválnának tőle. Nem ajánlatos spórolni. Igen káros lenne az egészségre – és a szája szögletén valami mosoly féleség jelent meg. Csak egy pillanatra. De az Marconak elég volt. Hideg borzongás fogta el.

– Szemüveget visel?

– Nem.

– Most majd fog – az előbb említett fiókban keresgélve egy kopottas fekete keretes szemüveget szedett elő.

– Tegye ezt fel. Háromszáz dollár.

– Háromszáz... képedt el Marco forgatva a szemüveget a kezében, de még be sem tudta fejezni, amit mondani akart, az ember türelmetlenül elvágta.

– Designer keret, speciális lencse. Direkt a maga szükségletére készült.

Marco jobbnak látta nem vitatkozni és feltette az orrára a szemüveget. Megnyugvással konstatálta, hogy nem fogja zavarni a látásban. Közönséges, *speciális* ablaküveg.

Háromszáz?

Beállt a fehér lepedő elé, a cement padlón fehér kereszt mutatta, hogy hova álljon. Pillanatok alatt két reflektort meg egy stúdió fényképezőgépet varázsolt elő a zálogházas és mielőtt még tízig elszámolt volna Marco, már készen is volt vagy féltucat felvétel.

– Háromra jöjjön vissza – mondta az ember és miután zsebrevágta a három százast, kitessékelte Marcot a helyiségből.

Hosszasan ácsorgott a járda szélén, tanácstalanul, mivel töltse az idejét háromig. Az órájára nézett, húsz perccel múlt tizenkettő. Óra nélkül is tudta volna, a gyomra jelezte, hogy ideje valamit enni. Megszokta a rendszeres, bőséges táplálkozást, Lina vacsoráit és munkaidőben a csemegéstől rendelt szendvicseket. Munkahelyén nem volt idő ebédszünetet tartani, asztalánál, a komputerek előtt fogyasztotta el az ebédjét. A tőzsde nem tartott ebédszünetet és a számok megállás nélkül hömpölyögtek a monitoron, Marco figyelmét semmi sem kerülhette el.

Nem nagy kedve volt beülni egy étkezdébe, úgy emlékezett, hogy a közeli sarkon áll egy utcai hotdog árus, arrafelé vette az útját. Foot long hotdogot rendelt, egy láb hosszú, híres Shopsy csemegét. Megpakolta minden velejáróval, mustár, ketchup, apróra vágott hagyma és savanyúkáposzta. Úgy az igazi. Beállt a legközelebbi üzlet ajtajában és jóízűen elfogyasztotta a gyors ebédjét, még megivott rá egy kólát, és miután a hulladékot az árus standja mellett álló nagy szemetesbe dobta, odébbállt.

Céltalanul lődörgött egy darabig, nem akart messze menni a zálogostól. Nem kis izgalommal gondolt a várható eredményre. Harmincnyolc évig élte életét, mint Marco Petrullo s most felcseréli valami másra. Idegen lesz saját magának? Nézte az elhaladó tükörképét a kirakatüvegben. Igen, az Marco Petrullo. Jóképű, atlétikus mozgású ember, férfiasságának teljében. Sötétbarna, hullámos hajára büszke volt, a nők kedvtelve turkáltak benne. Előkotorta a szemüvegét a zsebéből és felpróbálta.

Hmmm. Nem rossz. Kissé profilba fordult, nézegette magát a kirakatban. Akár egy professzor is lehetne, állapította meg megelégedve. Vagy ügyvéd. Sikeres, gazdag ügyvéd. Hogy gazdag lesz, ahhoz kétség nem férhet, meg aztán mindenki mondhatja magáról, hogy ügyvéd.

Pénzügyi szakértő. Az még jobb is. Pénzügyekben még szakértőnek is mondhatja magát. Papír is van róla. Különben is ha valaki gazdag, szakértelmét pénzügyekben senki sem kétli.

Marco realista volt, nagyon jól tudta, hogy manapság tíz millió nem olyan sok pénz. Kétségtelenül több, mint amit magáénak mondhat, de azzal még nem hívjak meg a milliomosok klubjába. Meg volt ő elégedve a sorsával, többet keresett, mint bármelyik kortársa. "Szegénységét" csak az után érezte, hogy a vén gazember, Giovanni Russo kisemmizte a jogosan elvárt hitvesi jussából.

Az nevet, aki a végén nevet. Nyugtatta meg magát és már zsebében is érezte a milliókat. Lesétált a földalatti vásárlóközpontba. Kedvenc időtöltései közé tartozott sétálni az üzletek útvesztőjében. Egy egész napot is el lehetett tölteni a földalatti városban anélkül, hogy napfényt látott volna az ember, a pénzköltési lehetőségekről nem is beszélve.

Mit tenne egy milliomos, ha két-három órát kellene várakozással eltölteni – gondolta. Mit tenne Bill Gates az ő helyében? A válasz ott volt az orra előtt, a Brooks Brothers észvesztően drága férfiruha üzlet kirakata kihívóan csalogatta.

"Miért ne?" Tette fel magának a retorikai kérdést. Tulajdonképpen előlegezhet magának egy kis luxust, bírja a hitelkártya és a házra felvett jelzálogkölcsön.

Belépett az üzletbe, templomi csend fogadta, itt nem üvöltött a fülébe a szokványos ricsaj zene, itt nem ugrott elé az eladó, hogy tolakodó

73

bizalmassággal vásárlási igénye felől érdeklődjön. Két elegáns úriember foglalatoskodott a pult mögött, néma fejbiccentéssel üdvözölték.

Mit venne Bill Gates? A választ ott találta a nagy antik asztalon. Finom kasmír pulóverek színes kavalkádja kínálkozott. Marco, mint aki tulajdonképpen nem is akar vásárolni, csak úgy időtöltésből válogat, a csomó aljából kihúzott egy türkiz zöld pulóvert. Kiterítette, morzsolgatta ujjaival a puha anyagot. Próbálta feltünés nélkül megtalálni az árcédulát, sikertelenül. Be kellett látnia, hogy Brooks Brothers vevői nem aggódnak az árak miatt. Az eladók felé tekintett, az idősebb úriember, gyors, nesztelen léptekkel mellette termett.

– Kitűnő választás, uram – mondta – a szín tökéletes az ön komplekszumához. Ez az ön mérete, ha szabad lennem.... – és gyakorlott mozdulattal terített ki egy másik pulóvert Marco elé.

– Nagyszerű – egyezett bele a *milliomos* – és hanyag mozdulattal húzta elő a tárcáját és választott ki egyet a hitelkártyák közül.

– Még valamivel szolgálhatok, Mr. Petrullo – az eladó gyakorlott sasszemmel olvasta le a nevet a kártyáról.

– Köszönöm, semmi mást – vetette oda csak úgy, mellékesen Marco.

Pillanatok alatt megtörtént az üzleti cserebere, Marco aláírta a hitel cédulát és nagy igyekezettel próbálta leplezni a felismerést, adóval együtt négyszázhuszonhat dollár és negyven cent. Oda se neki, legyintett csak úgy gondolatban, ennyi előleggel tartozom magamnak.

Giovanni Russo kinyalhatja a seggem.

Igencsak meg volt elégedve magával, amint tovább sétált a széles folyosón, lóbálva a feketearany Brooks emblémával díszített csomagot, hadd lássa mindenki. Persze a tovasiető sokaság figyelembe sem vette a lődörgő milliomost.

Egy ékszerbazár hívta fel magára a figyelmet – kellene valamit venni Linának karácsonyra – gondolta. Elvégre is, mégis csak az ő pénze, annak ellenére, hogy meg akar szabadulni a földi javaktól, kis mementó a nagy útra azért elkelne. Belépett az üzletbe, egy nyakigláb tinédzser lány fogadta nagy lelkesedéssel, félretolta a szájában a rágógumit és hangosan üdvözölte.

Hi! – Segíthetek valamiben? – kihúzta a füléből a hangos dugót és kilépett a pénztárgép mögül. A farmerja feszesen tapadt a csípőjére, egy jó arasznyi csupasz husikával kacérkodva, a köldökében nagy arany karikával. Persze, felül sem volt különösen takarva, mindent a vevőnek, jelszóval, kibuggyantak növekedő keblei. Marcot elöntötte a forróság, feltámadt benne a szunnyadó vadászösztön és bedobta a legjobb hódító szöveget egy kihívó kacsintás kíséretében.

– Bevezetőül biztosíthatsz, hogy elmúltál tizenhat éves és nem kerülök börtönbe, ha elcsábítalak.

– Az tuti – pislogott kihívóan a lány – csábítani se nagyon kell, ha valaki Brooks Brothers csomaggal sétafikál.

– Oh, ez a kicsinység – szerénykedett Marco – egy kasmír pulóver, nem is tudom, hogy mi késztetett, hogy megvegyem, van már vagy egy tucat, talán a színe...

– Kasmír? – Menten eldobom magam. Imádom a kasmírt. Megnézhetem?

Marco oda tartotta a nyitott zacskót, a lány kirántotta belőle a pulóvert és a csupasz mellére szorította, simogatta vele a duzzadó kebleit.

– Jaj, hogy én mit nem adnék, ha nekem egy ilyen pulcsim lenne.

– Nekem volna egy ötletem – halkította le a hangját Marco, egy oktávval mélyebben – csak egy kis igent kell mondani.

– Te viccelsz?

– Életbevágó ügyekben sose viccelek, mikor zár ez a kóceráj?

– Kilenckor, de négykor jön a tulaj leváltani.

– Óriási, mi lenne, ha találkoznánk egy italra, mondjuk a "Bodega"-ban?

– OK... tényleg az enyém lehet a pulcsi?

– Az attól függ...

– Motelbe nem megyek!

– Majd kitalálunk valamit.

– Oki-doki!

A lány ujjongva a jó üzlet reményében az arcát a pulóverbe temette, kész volt a pult mögé menekülni vele, de Marco elkapta.

– Hohó, kicsikém, majd utána. – Visszadugta a pulcsit a Brooks zacskóba.

A lány kissé elszomorodott, de be kellet látnia, hogy vannak íratlan törvényei a nagylelkű ajándékozásnak. De, hogy az igyekezet kárba ne vesszen eladott Marconak egy Szent Kristóf medált vékony ezüstláncon.

$14.95

Legyen szerencsés Lina a nagy úton.

Ideje volt visszatérni a zálogházba.

A tulaj egy manilla borítékot húzott elő a fiókból és Marco kezébe nyomta néhány mondat kíséretében.

– Útlevél és a jogosítvány. Ezek nem hamisítványok. Eredeti! A volt tulaj megszűnt, nem igényli tovább. Jó tanács, az útlevél még két évig érvényes és nem ajánlatos megkísérelni a megújítását, esetleg kifogásolhatja a hivatal. Főleg külföldön használható, de kerülje a scanneres vizsgálatot.

– OK!

– Még egy jó egészségügyi tanács! Gyorsan felejtse el, hogy hogyan jutott hozzá. OK? Mi sose találkoztunk. Capish?

– OK – és Marco sietve elhagyta az üzletet. Alig várta, hogy a kocsijához érjen. Kihajtott a parkolóból és jó ideig tekergett a mellékutcákon, míg egy alkalmas helyet talált, hogy leparkoljon. Izgatottan nyitotta ki a borítékot, hogy a tízezer dolláros új személyazonosságát végre szemügyre vegye. Tényleg valódinak hatott a dokumentum, persze azt se tudta volna megállapítani, hogy hamis, hiszen a hamisnak is az a dolga, hogy úgy nézzen ki, mint az igazi.

Jerry Walker, született 1958, május 9.-én in Allantown, Pennsylvánia. Magassága és súlya az útlevél szerint nagyjából megegyezett, de hát az ember hízik, lefogy azt nem lehet úgy szabályozni, hogy egy pár évvel azelőtti adathoz hű legyen. Meg kell tanuljam az adatokat – gondolta – tetszett neki az új név, nem érzett semmi nosztalgiát a Petrullo múltjához. Feltétlenül kell egy divatosabb szemüveget szerezni – állapította meg a fényképet vizsgálva – igen szegényes és kopott az, amit 300 dollárért adott el neki az a paisano.

Hajnali négykor ért haza, fizikailag totálisan kimerülve, de megelégedett vigyorral a képén. Régen volt ilyen jó estéje. Hogy ezek a mai fiatalok mire nem képesek, az elképedéstől nem tudott napirendre térni az eltelt órák tapasztalata felett. Megérte a négyszáz dolláros kasmír pulóvert. Lina fel sem ébredt, ahogy a takaró alá bújt, majdnem elröhögte magát. Ha az asszony tudná, hogy egy idegennel fekszik egy ágyban! Jogi alap a válásra. No de az nem lenne financiális szempontból elfogadható. Az egész Russo vagyon vagy semmi. Zárta le az vitát Mr. Jerry Walker és azon nyomban mély álomba süllyedt.

9. fejezet

Ólomlábakon vánszorogtak a napok, Marco, úgy érezte, hogy semmi sem történik. A részvénypiac meglehetősen lanyha volt, mint rendszerint minden évben az ünnepek előtt, a figyelmét alig kötötte le a lényegtelennek tűnő árak áringadozása. Az iroda ünnepi várakozásban leledzett, az öt órai italozás is inkább egy folytatólagos karácsonyi bulinak hatott. Marco igyekezett nem feltűnni, bár időnként a torkában lüktetett a szíve, elöntötte a verejték, ha a bank széfjében rejlő útlevélre gondolt. Tom Correli meg is jegyezte csak úgy mellékesen.

– Valami baj van, öregem? Nagyon szarul nézel ki. Mi van Linával? Elboronáltad az ügyet?

– Minden OK. azt hiszem egy kis influenza kerülget – és letörölte a homlokáról a verejtéket.

Persze Linával semmi sem volt OK. Mind jobban és jobban beleélte magát a menybemenetelbe. Naphosszat imádkozott, már a főzés sem érdekelte, mind gyakrabban rendeltek pizzát, vagy a kínai étteremből vacsorát. Lina nem is próbált magyarázkodni a házastársi kötelezettség elmulasztása miatt, átszellemült arccal piszkálta az ételt, ami előtte volt, csak a borocskát kortyolgatta a megszokott igyekezettel.

Aztán ültek szótlanul a garasban, a kényelmetlen kerti székeken, egymás mellett, de mérföldekre egymástól. Lina az örökkévalóságról álmodozott, Marco az örök-nyári Riviéráról, a Riói karneválról, csokoládé bőrű lányokról a fehér homokos partokon. Villogott a vörös lámpa a fejük fölött, halkan dúdoltak a gregoriánus barátok mennyei zsolozsmáikat a kis CD játszón és vigyorogtak az arra járó szomszédok a már megszokott látványon. Marco úgy csinált, mintha nem is látta volna a volt barátok kérdő tekintetét, "nem sok idő *már, aztán bottal üthetitek a lábnyomomat"* gondolta s a csukott szemhéján messzi tájak csábító szépsége teljesen lefoglalta a gondolatait. Nem okozott különös meglepetést, már máskor is előfordult, hogy az ünnepi tervek miatt előre hozták a negyedik negyed ellenőrzését. December tizenegyedikén váratlanul megjelentek a Krauss & Co. könyvvizsgálói és a vállalatuk tervezett karácsonyi carribian cruse miatt – collective bonus a sikeres év után – sebtibe összecsapták a különben szőrszálhasogató revíziót. Marco terveit illetően az egész cirkusz nagyon is kapóra jött. Legalább két héttel előre hozta a határidőt. A hét vége, úgy látszott, hogy örökké tart. Alig aludt a két éjszakán, óránként kelt ki az ágyból, le s fel mászkált a házban. Még a reggeli kávéját sem fejezte be, izgatottan hagyta el a házat.

Jeges szél csapott az arcába, ahogy kilépett az ajtón. Nem szokott az időjárásra figyelni, se eső, se hó nem befolyásolta az életét, a fű nyírásán kívül még a kerttel sem törődött, az mind Lina dolga volt, még a havat is ő takarította a bejáróról. Majd odafagyott a keze a kocsi ajtajához. A motor egyből beindult, azzal nem volt baj, várt míg lassan felmelegszik, annyit értett a kocsikhoz, hogy nem szabad azonnal indulni. Bekapcsolta a rádiót, a helyi adó bemondója éppen a nem várt hideghullám váratlan betörésén nyavalygott. Mínusz tizenöt Celsius, és nem várnak enyhülést egy jó pár napig.

Na és? Kit érdekel.

Hirtelen rádöbbent, hogy igen is érdekelve van.

– A kurva anyját. – Káromkodta el magát felhangon, kiszállt a kocsiból és hátra ment a veteményeskertbe. Próbálta belevágni a cipője sarkát a földbe. Nem ment. Mint a beton, olyan keményre fagyott a föld. Ha így megy, döbbent rá az ijesztő valóságra, néhány nap alatt három-négy láb mélyen is átfagy az agyagos föld, olyan lesz, mint a szikla. Itt aztán nem fog gödröt ásni az úristen se. Mi a francot fog csinálni? Erre igazán nem számított. Próbált nem rágondolni. Majd. Egyelőre más gondja van.

Hétfő, december 14.

Negyedik lépés a szabadsághoz.

Piacra dobott félmillió *Crafio* részvényt, negyven centtel a kurrens ár alatt. Nem telt bele egy rövid óra, már el is ment mind. Kétmillió-ötszáztízezer dollár, mínusz az ügynökség százaléka, minden probléma nélkül átutalva az új bankszámlára. Senkinek sem tűnhetett fel, még akkor sem, ha valaki rábukkant volna a viszonylag nagyobb tranzakcióra, az ilyesmi rutin biznisz az Ethere Inc. részvény ügynökség Niagara fallsi irodájában. Csak Marco izzadt bele. Teljesen ok nélkül tekingetett a háta mögé egész nap. Próbálta rábeszélni magát, hogy viselkedjen normálisan. De hogy viselkedhet az ember normálisan, mikor két és fél millió dollárral lett gazdagabb abban a pillanatban, amint jött a visszajelzés Joanne Brodskytol, hogy az átutalás megérkezett a zürichi bankfiókba. Azt persze a nő se sejtette, hogy még ideje sem volt a pénznek megmelegedni a svájci számlán, már ment is tovább... és azt csak Marco tudta, hogy hová.

Minden második, harmadik nap újabb részvénycsomag cserélt gazdát. Marco gondosan válogatta a piacra dobandó értékpapírokat, még vásárolt is kisebb összegekért, hogy aztán másnap veszteséggel, vagy éppen nyereséggel tovább adja. Még egy hét sem telt bele, a Russo vagyon alaposan megfogyatkozott és Marco is nyugodtabban nézett az újabb manipuláció elé. Már az éjszakái is nyugodtabban teltek, nem riadt fel minden kis neszre. Férfias vágyai is kielégítést nyertek a passzív Lina jóvoltából. Egy ilyen alkalom után, már elalvó félben volt, amikor Lina szokásától eltérően megszólalt.

– Alszol? Marco!

– Aludnék, ha hagynál. Mit akarsz?

– Csak azt akartam kérdezni, hogy majd azután... tudod, ha már nem leszek itt – motyogott az asszony – újra fogsz nősülni?

– Hagyj engem ezzel a marhasággal.

– Komolyan, akarom tudni.

– Mi közöd hozzá... neked már az úgy is mindegy lesz.

– Nem mindegy... azt akarom, hogy nősülj meg. Ki fog főzni neked? Meg aztán... ez is kell, nem maradhatsz ki minden éjjel.

Marco ledobta magáról a takarót és dühösen felkapcsolta a lámpát az éjjeliszekrényen.

– Mi ütött beléd, hogy hirtelenjében rád jött a gondoskodás? Miért kell komplikálni a dolgot. Ha mész, hát mész... a franc bele. Ne törődj azzal, hogy velem mi lesz.

– Igen is érdekel, akárhogy is nézzük, a férjem vagy, megesküdtünk, hogy holtomiglan- holtodiglan.

– Ne hülyéskedj, senki sem veszi azt már komolyan.

– Tudom én, hogy neked nem számít, csak a vagyonért vettél feleségül, azt hiszed, olyan hülye vagyok, hogy én azt nem tudtam? Marco Petrullo a falu bikája, minden nő bukik utána és a csúf Lina Russot veszi feleségül? Most aztán szabad leszel, válogathatsz majd... azt hiszed, én nem tudom, hogy merre kujtorogsz, hány ágyban henteregsz a kurváiddal?

– Fogd be a szád, Lina! – Marco a méregtől vörösödő képpel kivágtatott a hálószobából és bevágta maga mögött az ajtót, de még azt hallotta, hogy az asszony elbőgte magát. Lebotorkált a nappaliba, lámpát sem gyújtott, az utcai fények beszűrődtek, éppen elég volt ahhoz, hogy megtalálja a bárszekrényt. Töltött magának egy jó adag grappát és ledobta magát a szófára.

Fanculo... – káromkodott félhangon – más se kellet nekem, a barom asszony siralmait hallgatni. Minden olyan simán ment eddig, tökéletes terv, biztos siker. Szabadság! És akkor jön a kurva a lelkibeszéddel. Még hogy újra nősülni? Kell a francnak a kolonc. Nem volt nekem elég ez az öt év? Holtomiglan-holtodiglan. Na ja, hogy valakinek a holtáig, az tuti. Meg, hogy ki fog főzni? Hah... a világ legjobb szakácsai. A pénzemért. Lina Russo pénzéért.

Szegény Lina, ha tudná.

Elhessegette magától a gondolatot. Csak nem betojni. A terv az terv. Igazából, kettő. Paralel tervek, egyik a vagyon átmentése, tiszta ügy, adminisztrációs akció, a másik sokkal komplikáltabb, Lina mennybemenetele. Időbe telt míg megbarátkozott a gondolattal, miután egyik módszert a másik után vetette el, míg meg nem találta az egyetlen elfogatható megoldást. Csak ez a kurva hideg ne jött volna közbe.

És akkor jön ez a hülye barom a problémával. Még hogy aggódik miattam. Mi vagyok én? Dedós? Aki nem tud gondoskodni magáról? A csúf Lina Russo?

A sokadik kupica grappa után azon vette magát észre, hogy sajnálni kezdte az asszonyt.

Szegény Angelína!

Ahogy a pálinkás üveget kézbe vette, hogy újra töltsön, rémülettel látta, hogy remeg a keze. Elhessegette magától a riasztó gondolatot, hogy ha a gyávaság erőt vesz rajta, a terv veszélybe kerül. Most, mikor olyan közel áll a végleges megoldáshoz... Utálta, ha egy nő sírással probálja zsarolni az embert.

Fenékig ürítette a poharát, a méregerős pálinka simán csúszott le a torkán, már nem tudta nyitva tartani a szemét, hiába erőlködött, aztán lassan, mint egy krumpliszsák eldőlt a szófán. Az üres üveg begurult a dohányzóasztal alá.

Szegény Lina...na és? kit érdekel... de meg kell adni, szép kerek, kemény dudái vannak... voltak... voltak.

... mint egy feneketlen kútba zuhant, mind és mind mélyebbre. Sötét volt, valami kegyetlenül nyomta a mellét, alig kapott levegőt. El akarta taszítani magáról, de a kezei mintha le lettek volna kötve. Mozdulni sem tudott... Segítségért kiabált... Lina! Lina! De csak, mint idétlen rikács

jött ki a torkán. Aztán hirtelen világos lett, a vakító fény szinte fájt, el akarta takarni a szemét... de mind a két keze véres volt, próbálta letörölni... síkos, csúszós volt a sok piros vértől és bármerre nyúlt, Lina nagy fehér mellébe ütközött a keze. Felsikoltott, rémülten látta, hogy... attól volt véres a keze. Az asszony hófehér meztelenségében eszét vesztve forgott, táncolt előtte, próbálta megfogni, megállítani, de kicsúszott a kezeiből, Martin testvér állt a konyha közepén, Lina nagy, szeles pengéjű szakácskésével a kezében és vigyorgott – Angelina nővér mennybe megy! – kiáltotta diadalmasan. Aztán meg az öreg Russo taszigálta a fehér menyasszonyi ruhába öltözött Linát, az meg csak nem akart menni, a konyha úszott a vörösborban...

– Marcoooo!, Marcooo! – sikoltott a lefátyolozott menyasszony és kapaszkodott Marco nyakába, hiába próbálta eltolni magától.

– Marco, ébredj... el fogsz késni, nyolc óra. Szűzanyám Mária, hogy nézel ki? Kiittad a fél üveg grappát, nem csoda, ha rémálmaid vannak.

Végre sikerült Marconak kinyitni a szemét, mint aki nem tudja hol van, zavartan nézett körül a nappaliban. A szófán feküdt, az asszony nagy horgolt takarója alatt... Hogy került ide? Lina takarta be? Lassan felrémlett zavaros össze-visszaságban az éjszakai vita, az üres pálinkás üveg... meg a rémálom.

– Menj borotválkozni – fordított hátat neki az asszony – kész a kávé, csinálom a reggelidet.

Mintha mi sem történt volna, mint minden más reggel, mikor részegen kimaradt az éjszakában, Lina, a hűséges feleség, tűrve-megbocsájtva, helyt áll házastársi kötelezettségeinek, ahogy azt azon a nyári délutánon, öt évvel ezelőtt megfogadta az Úr színe előtt. Marco még sokáig csak ült a szófan, nézte a remegő kezeit, az álom emlékfoszlányai lassan tünedeztek. A reggelek józan valósága maradt, no meg a terv. *Nem beszarni… nincs visszaút. Még néhány lépés a szabadsághoz.* Bátorította magát. Ahogy felállni próbált, mintha fejbe vágták volna, lüktetett halántéka, kínzó, másnapos fejfájás. Hosszú percekig állt a forró zuhany alatt, mintha az álom véres nyomait próbálná lemosni.

Szótlanul piszkálta az elé tett ételt, Lina ült vele szemben, ahogy minden más reggel, két kézzel babusgatta a kávés bögrét. Hallgattak, már régen nem volt közös téma. Az asszony a mennybe készült, Marco meg az örök napsütéses messzi partokra.

10. fejezet

December 22.

Jóval kilenc után ért be az irodába, bekapcsolta a computereket. A torontói,

New yorki tőzsde már nyitott. Több telefonüzenet várt rá, néhány sürgős utasítás az üzletfelek részéről, karácsonyi jókívánságok, meg emlékeztető, hogy a buli hétkor, ahogy azt tervezték. Megnyitotta a Russo dossziét, bosszankodott, hogy egy csomag penny-részvény még mindig eladatlan, ül benne több, mint egymillió dollár. Úgy látszik, senkinek sem kell, pedig már alaposan discountolta. Feldobott 150 ezer Bell C részvényt $4.25 ért, alig egy órára rá bejött a contra ajánlat $4.20 ra. Gondolkodás nélkül elfogadta. Hatszázharmincezer dollár, mínusz a comissio, a pénz már a déli órák elött útban volt Zürichbe. Az volt az utolsó, nagyobb értékű részvény, ami még maradt, az mind csip-csup spekulatív városi hitelkötvények néhány százezer dollár értékben. Mire a San Francisko-i tőzsde nyitott, jónéhány rendelés jött össze, ellepték az asztalát a színes cettlik. Rózsaszínű a vétel, sárga az eladást jelentette. A három monitor villogott az orra előtt, embertelen mértékűre fokozva a másnapos fejfájását. Az állandóan változó árak, adatok lekötötték a figyelmét, már egy óra is elmúlt, mire kissé lecsendesedett a piac.

Az olasz csemegéstől rendelt szendvicset, nem volt kedve, de meg ideje sem, hogy a többiekkel a sarki vendéglőbe menjen. Bevett még két Tylenol tablettát a fejfájásra, hátradőlt a székében és becsukta a szemét. Próbálta kikapcsolni a környezetet, rendezni a gondolatait. A karácsonyi ünnep utánra tervezte az utolsó *lépést,* köszönve az előrehozott könyvvizsgálatnak. Jobb is talán, kisebb a lehetőség, hogy valaki valamit is gyanítson. Az agyak meglágyulnak a sok ünnepi evés-ivás eredményeként, meg aztán az újesztendő kötelező ünneplése is napirenden van.

Csak nem halogatni! Minden elodázás csak gyengítené az elhatározását. A fagyhullám váratlanul jött, de majd talál valami megoldást. Nagy hiba volt az esti részegség, az okozta a rémálmot. A véres vízió csak nem akart múlni, újra meg újra felbukkant a tudatalatti emlékezetből. Riasztotta a látvány, az a sikamlós érzés a kezeiből nem akart eltűnni, bármennyire is erőlködött feledni.

– Hej! Marco!

Felriadt a goromba zavarásra. Billy O'Sullivan szokásához híven kopogtatás nélkül nyitott be az irodáján. Hangos, szemtelen és tapintatlan O'Sullivan az iroda legsikeresebb ügynöke elvitathatatlan jogának tartotta, hogy bárkit, bármikor félbeszakítson, hogy az ő kétségbevonhatatlan felsőbbrendűségét hirdesse.

– Na, öregem, találd ki, ki lett ismét az első? A legjobb, a legsikeresebb. Fogadjunk, hogy…

– Pofa be Billy boy. Menj a francba, kit érdekel.

– Csak említem, ha esetleg nem olvastad volna a főnökség e-mailjet.

– Nem olvastam.

– Na persze, hallom, hogy igencsak ráhajtottál az év végére. Késő pajtás. Késő.

Marco elsápadt. Mit akar azzal mondani, hogy ráhajtott. Nyolc milliónyi extra forgalom, nem tűnhet fel senkinek. Mit tud O'Sullivan, amit nem kellene, hogy tudjon. Kereste a megfelelő választ, de nem jutott semmi az eszébe.

– Marco, my boy! – intett búcsút Billy O'Sullivan – Silverstein tata akar látni. Pronto!

Marcoban meghűlt a vér. Mr. Silverstein az iroda főnöke, mint a végzet ura ült a nagy sarki irodában, csak nagyritkán szólt bele az ügynökök napi munkájába. Ismert tény volt, hogy ha valakit a színe elé rendelt, rendszerint az illető már pakolhatta is személyi dolgait, hogy helyet adjon az íróasztalánál egy új, eredményesebb ügynöknek. Nem véletlen, hogy az Ethere Inc.-nek tekintélye volt a tőzsdei körökben, tiszta üzlet és vasfegyelem volt az öreg mottója.

Marcot elfogta a félelem. Fel sem próbált állni az asztalától, térdei úgy remegtek. Mi van, ha az öreg felfedezte a Russo dosszié kiürítését? Mi van, ha valaki a banknál, vagy Zürichben kémkedik Silversteinnek?

Nagy hiba, hogy a bank széfjében tartom az útlevelet. Meg a készpénzt. Számítanom kellett volna az előre nem várt körülményekre, hogy sebtibe kell lelépni. Még most is megtehetem, mire valaki észre is venne, átlóghatok a határon. Tíz perc a bankig, másik tíz perc a Szivárvány hídra. Onnan már Jerry Walker megy tovább. Ha a mosdóba megyek, onnan nem lát az öreg és a szerviz lépcsőn le tudok menni a garázsba. Néhány mély lélegzetet vett, aztán felállt az asztalától, támaszkodnia kellett, hogy a zakóját fel tudja venni a szék karfájáról. A torka kiszáradt, elhomályosult előtte a világ. Nyugi, Marco!!! Nyugi. Minden OK. Több mint nyolc mill biztonságban van. Nem szabad kapzsinak lenni. Mély lélegzet, határozott lépések, jobb, ball, jobb ball, mindjárt az ajtónál, aztán uzsgyi a mosdóba...

Brrrrrr, a telefon, mint villámcsapás vágott bele a csendbe. Majd összecsinálta magát. Na most mi legyen? Felvegye, vagy hagyja csengeni? Mi van, ha már nincs is az irodában, már nincs is Kanadában, ő már nem is Marco Petrullo. Majd az üzenetrögzítő... de az be sincs kapcsolva.

Menni kell, nincs más megoldás, hadd csengjen, ha Silverstein rájött a stiklire, végem van, rábaszhatok. Húsz év, az biztos.

Kifordult az ajtón... majd fellökte Bettyt, Silverstein duci titkárnőjét, aki éppen hozzá készült.

Hej, Marco sweetheart, nem bánom a lökdösődést, de nem itt a folyosón – játékosan átölelte a reszkető tőzsdeügynököt – vár az öreg!

– Épp indultam – hazudta szemrebbenés nélkül Marco.

Végem van... de talán lesz alkalom lelépni, mielőtt a rendőrség jön. Szűz anyám és az összes szentek, most segítsetek.

Betty karon fogta a tétovázó fiatalembert és a főnök irodájának irányába indította.

Betty, úgy látszik, nem tud semmit... pedig a titkárnők mindent tudnak. Vagy csak jól megjátssza magát. Több figyelmet kellett volna fordítani a kis kurvára, most kapóra jönne egy kis belső információ.

Soha ilyen hosszúnak nem tűnt az út a Silverstein irodájáig. Mint az elitélt, akit a bitófához vezetnek, Marco szédelegve, izzadva csoszogott a nő mellett, a nyitott irodaajtók mögül, kíváncsi, együttérző szempárok kisérték, legalább is ő úgy érezte, hogy mindenki őt figyeli.

Már mindenki tud az ügyről? Billy O'Sullivan is nagyon gyanúsan viselkedett, tudhattam volna. Már késő... Már késő, fanculo...

Betty "jó szerencsét" kívánva betessékelte a főnök irodájába.

– Mister Petrullo... kérem foglaljon helyet. – Mutatott a mély karosszékre az óriási íróasztal elött Mr. Silverstein. A koros, őszülő úriember a régivágású főnökök közé tartozott. Nem volt híve a bratyizásnak, számára mindenki Mister "családinév" volt, megtartotta a három lépés távolságot a főnök és az alárendelt szolganép között. Kegyetlenül szigorú volt, de igazságos. Az iroda a makulátlan hírét nagyban neki köszönheti – a "kiváltságos" kliensek, nem éppen szűzfehér ügyeitől eltekintve. Marco belerogyott a plüss székbe, megadva magát az elkerülhetetlen sorsnak.

– Nagyon sápadt, Mr. Petrullo, remélem nincs valami baj, az influenzajárvány az idén igen korán jött... hallom a hírekben. Kapott védőoltást? Még időben kértem Miss Wallacet, hogy figyelmeztesse az alkalmazottakat, hogy a védőoltás kötelező.

– Nem, nem, nem.... dadogta Marco – talán valami, amit ettem.

Mi a fene... az egészségem miatt aggódik? Lehet, hogy semmit sem tud?

– Elmúlik, ahogy jött – tette hozzá tétován.

– Nagyon kell vigyázni manapság... Remélem semmi különös. De térjek a tárgyra. Azt tudja Mr. Petrullo, hogy a cégünk szokásos karácsonyi bónuszát ma délután osztjuk szét. Ön abban a helyzetben van, hogy kliensei közé tartoznak bizonyos... hogy mondjam, bizalmas ügyfelek számlái is. Az elmúlt évben, amint látom, különös gonddal az ügyfelek megelégedésére számottevő eredményeket ért el. A kérdéses egyének bőkezű hozzájárulásával, van szerencsém – erre a fiókból egy fehér borítékot vett elő, és sokatmondóan legyezte vele magát – van szerencsém egy kis extra csekélységgel köszönetet mondani a jó munkájáért. Persze, mondanom se kell, hogy ez nem tartozik az iroda többi alkalmazottjaira, maradjon ez közöttünk. Kellemes ünnepeket, Mr. Petrullo – és átadta a borítékot a meglepetéstől szótlan ügynöknek.

Marco valami köszönet félét meg ünnepi jókívánságot motyogott és kitántorgott az irodából.

Betty elbájoló mosollyal gratulált, még fel is állt a titkárnői trónjáról és félreérthetetlen kacsintással biztosította, hogy hajlandó megosztani vele a váratlan gazdagságot.

Marco, mint egy alvajáró, tántorgott vissza az irodájába és becsukta maga mögött az ajtót. Remegő kézzel tépte fel a borítékot.

Tízezer dollár.

Minden más alkalommal ujjongott volna örömében az összeg láttán, de mióta milliomos lett, vagy inkább, mióta annak érezte magát, tízezer dollár nem jelentett olyan sokat. Minden relatív. De milyen igaz.

Leült az asztalához, nagyot sóhajtott. Az elmúlt izgalmak után, lassan visszatért a szívverése a normális ütemre. Eszébe jutott a kínai generális – hogyishivják – híres mondása, hogy a háború első áldozata a haditerv. Az előrehozott revizió már arra kényszerítette, hogy változtasson az eredeti tervén és most, hogy már nagyjából kiürítette a Russo account-ot, ez a váratlan extra tízezer... nem is beszélve az elmúlt éjszakai rémálomról, ami még mindig olyan hatással van rá, hogy kiveri a hideg verejték egy újabb meggondolásra késztette.

Mi lenne ha?

Az egész dologban a várakozás a legrosszabb, rettenetesen lassan múlik az idő a maga teremtette határidőig. Minden nap, minden óra előre nem látott veszélyt rejt magában.

Mi lenne ha?

Az akció pénzügyi fele gyakorlatilag már meg van oldva, a fennmaradó, eladatlan papírok legjobb esetben sem jelentenek többet, mint egymillió dollárt. Ha leírja sem okoz gondot, annyit egy rossz tőzsdei napon is el lehet veszíteni, több mint nyolc, már biztonságban van. Meglepően simán ment, mint kiderült, ez volt a könnyebb.

Lina a nagy probléma.

S most ráadásul, még ez a fagyhullám is, arra nem is számított, hogy télvíz idején átfagy a föld. Legszívesebben csak menne már, hagyva mindent maga mögött.

Mi lenne ha?

Felvette a telefont és beütötte a főnök titkárnőjének a számát.

– Betty, drága! Beszélhetnék az öreggel? – fél perc sem telt bele, Mr. Silverstein volt a vonalon.

– Mr. Silverstein, ismételten szeretnék köszönetet mondani a bőkezű bonuszért. Lenne egy kérésem, tudom nem a vállalati szabályok szerint lenne, de a nem várt szerencse lehetővé tenné, hogy a feleségemet, egészségileg nincs valami jó állapotban szegény – dadogta – el tudnám vinni egy pár napra, valahová melegebb környékre, ha kivehetném a hátralévő napokat az új évig… nagyon hálás lennék.

A főnök minden további nélkül beleegyezett.

Így – gondolta Marco – a felfedezést, hogy lelép a színről elnapolja az új év első napjaiig. Ad magának több, mint egy hét előnyt, keresztül-kasul utazgatni az USA-t, bőven elég arra, hogy még a nyoma se maradjon.

Sebtében átadta a munka terhét a partnerének – az irodai rendszer szerint a párok egymást helyettesítették a másik távollétében, kivéve, persze, Marco speciális klienseit, azoknak a dossziéja szigorú jelszavas zár alatt volt, ahhoz csak Marco és az iroda főnöke tudott hozzáférni. Alig telt bele egy fél óra, már a Royal Bankban, barátja Tom Corelli irodájában ült.

– Öregem, váratlan szerencse – ledobta a csekket a Manager asztalára – ehhez mit szólsz. Ezt nevezem karácsonyi bónusznak. Arra gondoltam, hogy elviszem Linát Las Vegasba, még ott sose volt. Talán jó lesz a nagy csillogás, az az igazi menybemenetel, hátha jó hatással lesz rá. Váltsd be nekem USA dollárra.

– Az egészet? Tíz kilót akarsz ott hagyni.

– Egyszer él az ember.

– A te pénzed, pajtás.

Niagara Falls határváros, így a bankfióknak nem okozott problémát ekkora nagy összeg beváltása, a játékkaszinók jelenléte éppen elég amerikai pénzforgalmat produkált. Míg a pénzt összeszedték, jókora rakás lett, addig Marco előszedte a széfjéből a már előzőleg gyűjtögetett amerikai dollárokat és a Jerry Walker útlevelet. Igencsak duzzadt az aktatáskája, mire minden belekerült.

Nem mintha nem tudta volna máshol intézni, de jól jött az alkalom s a bank

Manager irodájából hívta az utazási irodát. Legyen tanú a Las Vegasi "kirándulásra".

Senora Fiorucci az Atlas Travel szeretetre méltó ügynöke szó szerint kiröhögte, mikor Marco két repülőjegyet kért december 24-ére Las Vegasba.

– Marco baby, te viccelsz? Két hónapja nincs egy hely sem az ünnep előtti napokra. Egyetlen esély, hogy oda repüljetek, ha Torontóban, vagy inkább a Buffalói reptéren letanyáztok és kivárjátok, hogy hátha lesz egy- két lemondás. Jó szerencsét Banbinó – és a harsogó röhögés félbeszakadt ahogy Marco lecsapta a kagylót.

Buffalóból tudunk repülni... – füllentett, s kellemes karácsonyt kívánva, sietősen elhagyta a Manager irodáját.

Hazafelé menet még megállt egy turistabazár elött és vett két kanadai juharleveles emblémával díszített inget, meg egy üveg juhar szirupot. Az amerikai turisták szokásos kellékeit.

Behajtott a ház elé, ránézett az órájára, alig múlt négy óra. Mit mondjon az asszonynak, hogy miért jött ilyen korán haza. Mondja, hogy nem érzi jól magát? Az influenza talán jó magyarázat lenne, de nem kívánja magát kitenni Lina szokásos házi gyógykezelésének, a kamillateás kúrának. Amit legkevésbé kéne neki most, az valamiféle szimpátia az asszony részéről. Éppen elég problémája van a *megoldást* illetően, nem, hogy még azzal is bonyolítsa az érzéseit. Legjobb lesz talán, ha nem magyarázkodik, elvégre is, mi köze az asszonynak ahhoz, hogy ő mikor jön vagy megy. Sose magyarázkodott, miért kezdeni éppen most.

A végén.

Bedugta a vásárolt szuvenírt az ülés alá, még jó, hogy eszébe jutott – előszedte a plasztik ponyvát, amit a napokban vett a Home Depot-nál, hóna alá csapta és benyitott a házba.

Lina csak egy halk "Hi"-al jelezte, hogy tudomásul vette a férj korai hazaérkezését. Fel sem nézett, egy satnya kis fenyőágat díszítgetett a kisasztalon, üvegdíszeket meg ezüst szálakat aggatott rá.

– Hát ez meg mi akar lenni? – tette fel a kérdést Marco.

– Egy kis karácsony, gondoltam...

– Te mondtad, hogy ne vegyek karácsonyfát, te majom... hogy nem akarsz karácsonyozni...

– Tudom, de olyan üres volt a ház nélküle, mégis csak... hiányzott az illata... Vettem egy panettonit is... nincs karácsony igazi olasz kalács nélkül.

– Megáll az ember esze... tipikus nő. Úgy cserélgeti a véleményét, mint más a gatyáját.

- Ne gúnyolódj Marco. Az mi? - mutatott a csomagra, aztán ahogy felismerte - plasztik ponyva? Minek az neked?
- Jó, ha van a háznál. Sose lehet tudni.
- Már-már azt hittem, hogy valami karácsonyi meglepetés.
- Na, ja... meglepetés.
Ha tudná a szerencsétlen, hogy mekkora meglepetés lesz.
Azzal otthagyta az asszonyt és felszaladt a dolgozószobába. Az aktatáskát a pénzzel a szekrény felső polcára dugta a felhalmozott vacakok alá, a ponyvát a sarokba dobta. Nem tudott napirendre térni Lina viselkedése fölött. Ez az egész karácsonyi szentimentalizmusa merőben ellentétben áll az előző viselkedésével. Megtagadta a katolikus múltját, teljesen átadta magát Martin testvér által hirdetett maszlagnak, és most karácsonyozik? Ajándékot, meglepetést vár? Eszébe jutott a kis ezüst medalion, amit Torontóban vett neki. Előkotorta az asztalfiókból és lement a nappaliba. A rádióból halk zene szólt, egyike a se-vége se-hossza nincs karácsonyi daloknak.
- Lina. Ha már mindenáron karácsonyt akarsz, itt egy kis meglepetés, nem volt alkalmam becsomagolni. Nesze!
- Az mi?
- Nézd meg.
- Szent Kristóf?

– Az utazók és vándorok védőszentje. Gondoltam, ha már nagy útra készülsz, hát legyen...

Lina, csak ült a szófán, tenyerében az ezüstláncon lógó kis medalionnal, könnyek gyűltek a szemébe, majdhogy nem elsírta magát a meghatottságtól. Kis időbe telt, mire megszólalt.

– Marco. Én nem akarok többet a garázsban ülni.

– Mi? Mi ütött beléd? – csodálkozott a meglepett férj – mi lesz a mennybemenetellel?

– Nagyon hideg van.

– A te dolgod, nekem mindegy, nem mintha élveztem volna, hogy lefagy a seggem. Úgy is jó.

Azzal otthagyta az asszonyt, Szent Kristóffal, a feldíszített fenyőággal meg a rádióban danászó Frank Sinatrával együtt.

A lüktető fejfájás csak nem akart szűnni. A fürdőszobában kutatott valami fájdalomcsillapító után, úgy rémlett neki, hogy volt még Tylenol az erősebb fajtából. Bevett hármat annak ellenre, hogy szigorúan kettő a megengedett adag. A tükörből egy megviselt ábrázatú idegen nézett vele szembe. Hamarosan vége lesz, nyugtatta magát.

Adios Lina, adios Silverstein, adios Kanada. Helló Riviera!!!

Bement a dolgozószobába és magára csukta az ajtót. Eldőlt a díványon, lehunyta a szemét és próbált az elkövetkezendő teendőkre koncentrálni.

Ötödik lépés a szabadsághoz.

Csak nem betojni, terv az terv. Azért csinál magának az ember terveket, hogy azt végre is hajtsa. Elvégre is Lina kívánságának tesz eleget, vágyik az asszony egy jobb világra... a hülye kis kurva hisz a mennyországban, hát legyen neki mennyország. Ha ténylegesen van olyan – bár kétlem – ha valaki, hát Lina joggal hisz a bebocsájtásban. Jó lélek a kis csúnyaság, a légynek sem ártott egész életében, nem lehet rá panasz. Hűséges feleség, jól főz, mi az, hogy jól? Isteni a borjú piccata-ja, a nyúlgerinc ala boloneseről nem is beszélve. Igaz, hogy szereti a borocskát, na és? A negyedik, ötödik pohár után úgy produkál az ágyban, mint egy profi. Egy nőstény tigris. Ha meggondolja az ember, nincs az a profi, aki öt év után is olyan lelkesedéssel ügyeskedne, mint az én kis Linám. Szeret baszni a lelkem, azt meg kell adni.

Lassan hatott a tripla adag condéin, még öt perc sem telt bele, kellemes zsibbadtság borította el az agyát s azzal mély álomba merült.

Isteni illatokra ébredt. Közben besötétedett, kellemes félhomály borította a szobát. Havazott, a szűzfehér hó tükrözte a szoba falára az utcai lámpák fényét. Megelégedéssel állapította meg, hogy elmúlt a fejfájása. Nem kellett sokat gondolkoznia, egyből felismerte az illatok eredetét. Osso Buco, kedvenc étele, a gremolata megtéveszthetetlen illata töltötte be a házat. Felkattintotta a lámpát az íróasztalán, háromnegyed hét. Több, mint két órát aludt. Kiment a fürdőszobába és hideg vízzel öblítette az arcát, fogat mosott, hogy a másnaposság lappangó ízét eltüntesse a szájából.

Osso Buco!

Megszokott látvány fogadta a konyhában, terített asztal, nyitott üveg Valpolicella, dédelgetett hagyaték az öreg Russo pincészetéből, még maradt néhány üveg speciális alkalmakra tartogatva. Lina a szokásos fehér köténnyel maga előtt, sürgött-forgott. Arca kipirult a nyitott sütő melegétől, rakoncátlan fekete haját színes kendővel kötötte lófarokba. A konyhapulton, a kis rádióból az elmaradthatatlan karácsonyi zene szólt. Az idillikus családi szín pillanatokra feledtette Marcoval a rá váró feladatot, a tervezett *ÖTÖDIK LÉPÉST.*

– Ülj le, pajsano… épp jókor. Készen a polenta is. Önthetnél egy kis bort, megnyitottam, hogy legyen ideje lélegzeni. – mondta Lina, szinte kedélyesen – Ezen kívül már csak három üveg maradt, meg öt Barbera d'Asti. A többi mind a papa terméséből. Az is fogytában, ha így megy, lassan rászorulunk, hogy vegyünk – még kuncogott is hozzá.

Marco egy szót sem szólt, az igazság az, hogy hirtelenjében nem tudta, hogyan is viselkedjen. Töltött mindkettőjüknek, szó nélkül ürítették ki a poharat. Nem volt szokás koccintani, felesleges formaság, elkerülendő fáradtság. Leült az asztalhoz, zavartan tologatta, igazgatta az evőeszközöket. Nézte az asszonyt, kerülve a tekintetét, főleg, amikor háttal volt neki. A kötény kötője szorosra fogta a dereka körül a könnyű, virágmintás ruháját, kihangsúlyozva a formás kerek fenekét. Nem kerülte el Marco figyelmét az sem, hogy a rövid, fehér mezítelen lábaszára frissen van borotválva. Ráadásul vacsorát főz? Osso Buco? Valami nincs itt rendjén – vágott bele a felismerés – öntött még egy pohárral és fenékig kiitta. Lina is nyújtotta az üres poharat és kacsintott hozzá.

Mi lesz ebből? Rémülten vette észre, hogy a gremolata fokhagymás, petrezselymes szaga régi ismerős parfüm illatával keveredik.

Akinek még nem adatott meg a szerencse, hogy Lina által tálalt Osso Bucot egyen, nem is tudja, hogy mi az igazi kulináris gyönyör. Az asszony tudatában volt a saját konyhaművészetének hatásával és ahogy Marco elé tette a magasra halmozott tányért, csípőre tett kézzel várta az ovációt. Marco meg csak nézte, hol az ételt, hol a szakácsnét, hirtelen belevágott az ijesztő gondolat.

Utolsó vacsora?

Van, aki milánói rizottón tálalja a négy-öt centi vastag borjúlábszár szeletet, de az igazi, szemet gyönyörködtető látvány, ha a piros, paradicsomos, zöldséges köret aranysárga polenta ágyon fekszik. Az az igazi. Olyan szép, hogy az ember alig meri megbolygatni a tökéletes szín kompozíciót.

Marco legyőzve a sötét gondolatait, beleszúrta a villáját a puhára párolt húsba, és ahogy a nyelvén érezte az ismerős ízt, kétségei is enyhültek. Elismerően bólintott az asszonyra, aki maga is leült az asztalhoz, hogy elpusztítsa a maga gigantikus adagját. Szótlanul ettek, gyakran emelgetve a poharat, nem telt bele egy negyed óra sem, már a második Valpolicellát is kinyitotta Lina, hadd lélegezzen, mondta.

– Havazik – állapította meg a tényt Marco, megtörve a csendet.

– Jócskán esett.

– Még mindig esik.

– Lesz mit lapátolni.

– A franc bele.

Ebben maradtak.

Lina öntött. Kiürült az üveg. Eltelt egy jó fél óra is, ha nem több. Marco kerülte az asszony tekintetét, egyszerűen nem tudta hogyan viselkedjen, szótlanul bámulta az üres tányért.

– Akarsz cannolit?

– E...e... egy fal... falat se menne le... dadogta. de milyen meleg van itt... állapította meg Lina kis idő múlva, ledobta magáról a kötényt és kigombolta a ruháját.

– Végig. – A bor. S...sok... sokat ittál Lina – kuncogott Marco, megszabadulva a kényszerű szótlanságtól, felragyogott a szeme az asszony kacér félmeztelensége láttán.

– Na nézd, ki beszél? – legyezte magát a kötényével.

– Kibuggyannak a csöcseid.

– Na és kit zavar – még meg is emelte a fekete melltartós dinnyéket a kézfejével és beharapta az alsó ajkát, ami mindig alig rejtett kihívást jelentett.

–Engem már semmi se... se zavar – felált az asztaltól, kissé bizonytalan mozdulattal mutatott az ajtóra – én... én... most megyek. Jössz Angelina Petrullo? Ver... ver... versenyt futok az ágyig.

– El kéne mosogatni.

– Hagyd... hagyd a fenébe, majd a cse... cse... cselédlány... – azon aztán jót nevettek és Marco nagyot csapott Lina fenekére, ahogy botladozva felszaladtak a hálószobába.

Lina egy gyakorlott mozdulattal lerántotta a takarót az ágyról s míg Marco tétova kezekkel próbálta kigombolni az ingét, ő már az utolsó ruhadarabjától is megszabadította magát. Elterült a dupla széles ágyon leplezetlen várakozással, türelmetlenül várta, míg párja akcióképessé teszi magát. Hamarosan elvesztette a türelmét és rákiáltott.

– Gyere ide te szerencsétlen, hadd segítsek rajtad – feltérdelt az ágy szélén és pillanatok alatt kihámozta a kuncogó pajsanot a gúnyájából és magára rántotta. Ölelte, két karral szorította magához, rövid, izmos combjai, mint acél csapda ejtette rabul és diktálta a már ismerős ritmust. Mikor nem csak passziv alanyként *szenvedte* Lina a házastársi kötelezettséget – ami gyakran előfordult Marco tapintatlan viselkedése miatt – hanem igazán társnak érezte magát, olyankor felszabadult minden erotikus, elnyomott vágya a hajdani zárdanövendéknek és nem csak fizikai agresszióval, de hanggal is demonstrálta szexuális élvezetét.

Zengett a ház, remegtek a falak... s ez így ment időtlen időkig.

Halkan, alig hallható karácsonyt idéző zene szűrődött a konyhából, a függönyözetlen nagy ablak mögött hullott a hó kitartóan, nagy csúcsos kalapot rakott az utcai lámpára. Békesség és szeretet, búgta a tegnapi énekes csoda, aludt a város, csak a messzi vízesés zúgott kitartóan.

A Petrullo házaspár kijózanodva a nagy párbaj után, kimerülve, a kielégüléstől, árulkodó, idétlen mosollyal az arcokukon hevertek szótlanul a gyűrött, összekuszált lepedőn. Nagysokára Marco törte meg a csendet.

– Szomjas vagyok, hozz valamit inni.

– Miért én. Vedd úgy, mintha már nem lennék itt.

Csend. Hosszú szünet után Marco szólalt meg.

– Te tényleg hiszed, hogy a mennybe mész?

– Mért ne hinném? Krisztus is ment.

– Először is én azt is kétlem. Másodszor, ha tényleg ment protekciója volt. Család. A papa intézte. Tiszta olasz módra – még el is nevette magát nyomatékul.

– Ne légy szentségtörő... Igen is lehetséges. Martin...

– ... hogy valakinek a lelke a mennyországba megy, még hajlandó vagyok elhinni, de csak úgy... puff? Na, hagyjuk a hülyítést.

Már, már úgy látszott, hogy vége a vitának, de egyszer csak Lina hirtelen felült. Hallkan szólalt meg, indulatát leplezve.

– Marcoooo!? – hosszan elnyújtva, ami mindig rosszat jelentett.

– Mi... mi van?

– Te azt mondtad, hogy te majd segíteni fogsz... Most azt állítod, hogy élve nem lehet...

– Lina, hagyjuk ezt a marhaságot most... most aludj.

– Marcooo! Mit értettél az alatt, hogy segíteni fogsz?

– Hogy fogsz segíteni? Marcooo! ha élve nem hiszed?

Hirtelen a fejéhez kapott, mint villám csapott bele a felismerés.

– Te szentséges szűz anyám, minden szentek, te atya egy úr isten te... te... te engem meg akartál ölni?

Egy fúria szabadult el benne, ráugrott a meglepett emberre és két ököllel ott ütötte, ahol érte. Lovagolt a tehetetlen Marcon, átvetett lábakkal ült a hasán és verte, az csak az arcát próbálta védeni, két karját maga elött tartva. Lina szeme szikrázott a méregtől, fehér, izzadságtól gyöngyöző teste fénylett a félhomályban és ömlött belőle a véget nem érő szitok és átok.

– Az úr istenit az anyádnak te rohadt gazember, hogy döglenél meg, te nyomorult kurvapecér, égjen a pokolban az a gyilkos maffiozó vén szar, aki összeházasított veled, te, te, te, szétverem a ronda calabrese pofádat, hogy az anyád se ismerjen rád, te, te, piszok szemét...

Marco, hogy az asszony lélegzetvételnyi szünetet tartott az átkozódásban, kihasználta a pillanatnyi lehetőséget és átkarolta a kapálódzó nőt és szorosan magához szorította. Így aztán ütni nem tudott, de a szája be nem állt. Csak mondta, csak mondta, mint a vízfolyás. Marco egy nagy lendülettel maga alá fordította és a két karját, oldalt kiterítve, lefogta. Arcuk összeért és hogy a veszett átkozódásnak véget vessen, Marco csókkal fogta be Lina száját. Az kapkodta a fejét jobbra, ballra, hogy elkerülje az aljas támadást, de hamar belefáradt és megnyíltak az ajkai. Meglepődött. Nem volt köztük szokás a csók, talán nem is emlékszik rá, hogy mikor érezte azt a váratlan, bizsergető érzést. Egész testében megremegett, izmai elernyedtek és ahogy az első meglepetés elmúlt, mohón csókolta vissza az átkozott pajsanot.

A képzelet eltörpül a valóság mellett, soha, soha azelőtt ilyen intenzív, ilyen felszabadult és vad kettőjük szexuális párbaja nem volt. Megszűnt tér és idő, majd mikor már semmit sem tudtak tenni, vagy mondani, szinte egy és abban a pillanatban, hogy kimerülten megbomlott az időtlen, hosszú ölelés, mindketten mély álomba merültek.

Marco riadtan ébredt. Ránézett az órára, te úr isten... fél tíz. Üres volt mellette az ágy, Lina!!! Belevágott a felismerés. Mi történt itt az éjszaka? Nem volt kétsége a történteket illetően, de...

Minden porcikájában érezte az éjszaka emlékeit, talán sohasem tapasztalt nyugalom szállta meg, de...

A TERV!

Mi lesz a tervvel?

Kinézett az ablakon, a hóesés megállt, a nagy szűzi fehérség közepette Lina lapátolta a havat. A bejáró már csupasz volt, az asszony a járdáról tolta a havat, szilvakék steppelt pufajkában szaporán szedte rövid lábait a nagy hólapát mögött. Alig egy-két szomszéd tevékenykedett az utcában, tipikus ünnep előtti, lusta szombat, téli nyugalom.

Bement a fürdőszobába, hosszasan nézte magát a tükörben. A jobb halántékán pár centis, hosszú karmoláson rászáradt a vér. Lina jegygyűrűjének a nyoma. Forró zuhanyt vett, csak néhány percnyit, mellőzte a borotválkozást is, gyorsan öltözött.

Fennhangon emlékeztette magát, nem lehet tovább halogatni. Menni kell. A terv csak annyiban változik, hogy Lina marad. Hiába képzelte be magának, hogy végre tudja hajtani az eredeti tervet, de ahhoz egy Gino Batelli kellett volna. Sikkasztani az egy dolog, lelkiismeretfurdalás nélkül, bármikor, de elvágni az asszony torkát? Miért is hülyítette magát? Hol van az előírva, hogy csak azért, mert *azoknak* a szolgálatába volt kénytelen élni, a módszereiket is követni kell?

Fanculo! Marco Petrullo egy becsületes ember s az is marad.

Gondos figyelemmel, rejtette az előre tervezet módon a dollár kötegeket. Száz százdolláros egy-egy csomagban, plasztik zipp zacskóban, összesen tizennégy darab. Egy-egy a zoknijába, kabát bélésébe, farzsebbe. És így tovább. Jól át volt mind az gondolva. A problémát csak a csomó kisseb értékű bankjegyek okozták, amit utoljára vett fel a bonusz csekk ellenében. Azokat a vásárló zacskó fenekére rejtette az ingek alá. Éppen elkészült, amikor hallotta, hogy Lina befejezve a hólapátolást és bejött bejárati ajtón. Próbálta elképzelni, hogy mit csinál, most leveszi a kabátját, a hócsizmát... bemegy a konyhába és önt magának egy bögre kávét, hogy felmelegedjen...

Óvatosan, hogy ne hívja fel magára a figyelmet, lesietett a pincébe. Rövid kutatás után megtalálta, amit keresett, egy tekercs celluxot. Letekert róla egy jó méternyi darabot, de nem tépte le és a háta mögé rejtve felment a konyhába. Jól sejtette, Lina ült az asztalnál és melengette a kezeit a kávés bögrén.

– Na, te alomszuszék... friss a kávé, önts magadnak – hátra se nézett, ahogy letette kezéből a csuprot.

Marco csak arra várt, egy villámgyors mozdulattal rátekerte a celluxot az asszony mellére, két karjára és a szék támlájára.

Lina elsikoltotta magát.

– Marcoooo! Ne... Mit csinálsz? Ne bánts... – elrúgta magát az asztaltól, a székkel együtt felborult, de Marconak sikerült felállítani és közben még néhányszor körül tekerte celluxal.

Az asszony sírva, sikoltva kiabált segítségért. Rémülettől kimeredt szemekkel kereste a férfi tekintetét, de az csak szótlanul tekerte a szalagot, még többet és többet, végül a lábait a szék lábához erősítve.

– Ne üvölts, az istenit... ne szarj be, nem foglak bántani. Hagyd abba!!! Hallod? – próbálta túlkiabálni az asszony kétségbeesett jajveszékelését. Majd letépett egy arasznyi szalagot és a kapálódzó nő szájára tapasztotta. Letérdelt előtte, gondosan eligazította a szoknyáját és békítően szólt.

– Na, most hallgass – s letörülgette az asszony arcáról a könnyeket – nem bántalak... Nem is tudnálak bántani... De kell nekem egy kis idő...

– Lina! Én elmegyek. Elmegyek örökre, ne is keress, úgy sem fogsz megtalálni, de még a világ minden rendőre sem. Elég volt ebből az életből, az a gonosz apád csapdába ejtett, rabbá tett. Minden nap, valahányszor megnyitottam a Russo dossziét emlékeztetett a kegyetlenségére. Minden nap arra voltam kényszerítve, hogy lássam, gyarapítsam azt a vagyont, amit sose fogok magaménak tudni, minden nap ott vigyorgott a gonosz pofája az orrom elött, a túlvilágról is röhögött a hülye Marco Petrullón. Tűrtem, tűrtem mert nem volt más választásom... Aztán emlékszel, mit mondtál, hogy meg akarsz szabadulni a földi javaktól – kisimította Lina arcába csüngő haját és halkan folytatta – azt mondtad, majd én tudom, mit kell tenni, mert én ügyes vagyok. Emlékszel, meg, hogy te készülsz a mennybemenetelre. Emlékszel? Az adta az ötletet és... Lina, tényleg megszabadítottalak... majdnem. Alig maradt a Russo örökségből. Az most már mind az enyém. Csak az enyém, az a gonosz apád foroghat a sírjában. Lina, Linácska ne haragudj... te magad akartad, így nincs már semmi akadálya, szabad vagy, ha tényleg hiszel a mennybemenetelben.

Lina kétségbeesetten, tagadóan rázta a fejét, nem, nem, nem.

– Már késő, dolce cuore, Mi dispiace, sajnálom. Majd csak megleszel. Maradt még majd egy millió részvényekben... a bankban is több, mint háromezer... Tom Corelli majd elintézi, hogy hozzáférj. Találsz magadnak valami munkát, úgy is mindig panaszkodtál, hogy be vagy zárva a házba. Pénztáros lehetsz a szupermarketben, vagy nyithatsz egy vendéglőt.

– Ja, az lesz a legjobb, ahogy te főzöl, biztos siker lesz. Képzeld el, Angelina's Ristorante, a híres Niagara Falls-i vendéglő, sorban állnak majd a japán turisták, hogy élvezzék az Osso buco-t. A végén még hálás is leszel nekem. Na... na... Lina ne sírj... porca Madonna, ne sírj!

– Én most elmegyek, csak annyi idő kell, hogy átérjek a határon... most tíz óra múlt... – fordított egyet a széken, hogy Lina láthassa a faliórát – Látod? Esküszöm neked, hogy tizenkettőre megszabadulsz. Ha átértem az Államokba, felhívom az öreg magyart, tudod Steven a tarka kutyával? Itt lakik a Crimson úton, majd megkérem, hogy jöjjön át, mert valami problémám van a computerrel. Nyitva hagyom a bejárati ajtót, hogy be tudjon jönni.

– Linácska... na ne sírj, ne nehezítsd meg a dolgom. Beláthatod, hogy így lesz a legjobb. Csak két órát kérek? OK?

Megcsókolta az asszony homlokát, letörülgette a könnyeket az arcáról és kisietett a konyhából. Egy perc sem telt bele, csapódott utána a bejárati ajtó, aztán csend lett.

Lina hangosan felzokogott.

Cazzo bastardo – ott dögölj meg, ahol vagy, rothadjon le a hús a pofádról, a patkányok rágják le a farkad. Piszok calabrese fattyú.

Marco... Marco... Marco, miért csináltad ezt velem? Jaj, szűzanyám, Mária, meg az összes szentek, mi lesz most velem. Kirabolt, itt hagyott a gazember, hogy a pokol szakadjon rá.

Marco Petrullo, hát nem voltam én egy jó feleség? Hát nem csináltam meg mindent, amit csak kívántál? Sose panaszkodtam, csavarogtál bele a nagyvilágba, kurvák után futottál és szóltam én egy szót is? Nem voltak nekem kívánságaim, olcsó cseléd voltam, főztem, mostam rád. Engem nem érdekelt a pénz, az apám pénze, vagy a te pénzed Marco... Nekem sose volt, sose kellett. Tizenöt évig a zárdában éltem, belénk verték a kedves nővérek, hogy a szegénység istennek tetsző erény, míg ők gazdagodtak a maffiozók kölykei után. Apám nekem a legolcsóbb rongyokat vette, nem tűrte a "cifraságot"- mondta...

Marco... míg a feleséged nem lettem, nekem nem volt semmi, ami szép volt, ami tetszett.

Marco... Marco... mért csináltad ezt velem... Én, én mindent neked köszönhetek, kényszer volt a házasság vagy sem, nekem ez jelentette az életet... és

117

most vége? Mi lesz velem? Kinek kell a csúnya Lina? Inkább öltél volna meg, mint itt hagyni... egyedül lenni. Félek Marco...

Minek is kellett nekem az új hit, hinni a szélhámos Martin meséinek. Annak is te vagy az oka Marco... sokat voltam egyedül, míg te csavarogtál bele az éjszakába... én csak vártam, vártam...

Szent Antal, segíts meg... Ne hagyj el... Marco, tudom te sose szerettél, a pénz miatt vettél el... mindenki tudta azt, sugdosták is a hátam mögött a jólelkek., nem vagyok én ostoba, nem is vártam, hogy szeress.

Marco, baby...azt még magamnak se vallottam be soha, de Marco Petrullo, én nagyon megszerettelek... hogy ott fordulj fel, ahol a kutyák se találnak majd rád.

Jaj Istenem, mi lesz velem, jaj, jaj, ajaj... Mindennek az a gonosz apám az oka, maradtam volna inkább vénlány... már úgy is beletörődtem. Zárdába is mehettem volna... szűzen... sose tudtam volna meg, hogy mi az, asszonynak lenni... Jaj, hogy én milyen buta voltam... örültem, hogy részegen átaludtad a nászéjszakát és megmenekültem az erőszaktól... Senora Alexa épp eleget sugdosta a fülembe, hogy milyen borzasztó dolog az asszonyi kötelesség, eltűrni a férj mocskos ügyeit az ágyban... hogy le kell szoktatni abban a pillanatban, hogy jön a gyerek, menjen a kurvákhoz arra rendelte őket a sors... és hagyják a tisztességes asszonyt békében. Elhittem a vén satrafa hülyeségeit meg a kedves nővérek prédikációit a test bűneiről... Lina, Lina, hogy te milyen buta is voltál... Ha Marco nincs, sose tudtam volna meg, hogy milyen egy igazi bűnös éjszaka... Ez lett volna hát az én utolsó szerelmes éjszakám? Soha többet? Kinek kell a csúnya Lina? Marco... Marco miért hagytál el, jaj én jó Istenem... csak még egyszer szerethetném azt az átkozott, piszkos gazembert, hogy a sátán élve nyúzza meg...

Marcoooo... dolce cuore... egyetlen drága férjecském... te, te, te rothadt calabrese fattyú...

De lassan múlik az idő, mindenem elzsibbadt már... mi van, ha nincs otthon az öreg magyar... itt fogok éhen halni... pisilni kell... Ha kutyánk lenne... hányszor kértem azt piszok pajsanot, hogy legalább egy kutyát tarthatnék, most megmentene, segítségért menne, mint Lassie a tévében... Se kutya, se macska... mindig csak magam... várni, hogy mikor jön haza, remélni, hogy magához ölel az ágyban és végre élvezhetem, amit az a gonosz vénasszony, Senora Alexa az asszony megalázásnak nevezett. Le merem fogadni, hogy sose baszták meg úgy istenigazából, nem csoda, hogy nem tudta mi a jó... Marco, Marco...

Még szerencse, hogy nem vettem ki a pulykát a mélyhűtőből, amit az ünnepi vacsorára szántam... kinek, fogok én főzni ezután? Mi értelme lesz az életemnek... beugrok a Niagarába... egy vasárnap délután, mikor tele van a promenád turistákkal... felállok a korlátra, ott mindjárt a vízesés fölött... a türkizkék selyemruhát veszem fel... amit Marco vett tavaly a születésnapomra... várni kell tavaszig, majd,

119

ha jó idő lesz... felállok a korlátra és belekiabálom a vízesés morajába, hogy Isten veled világ, Isten veled Marco Petrullo... A japán turisták felveszik videóra és a CNN fogja közvetíteni az esti hírekben. Remélem, akárhol is lesz az a gazember, látni fogja és a lelkiismeretfurdalás öngyilkosságba fogja kergetni. Ez az! Ezt fogom csinálni, majd, ha kimelegszik az idő. Májusban.

Ajajaj, nagyon kell már pisilni...

Nagy robajjal vágódott ki a bejárati ajtó.

Hála az égnek, itt az öreg magyar!

Nem! Marco robbant be a konyhába, szó nélkül ledobta a vásárló zacskót a konyha asztalra és kihúzta a szekrény fiókot...

Lina megszeppenve követte tekintetével... a fiók!

A konyhakések!

Uramisten, segíts, visszajött, most fog megölni! Alig tudta tartani, majd, hogy nem össze pisilte magát a rémülettől.

Marco elővett a fiókból... nem kést, hanem egy nagy ollót és egymás után kezdte elvágni a kusza celluxot, szabadította ki a meglepett asszonyt a bilincseiből. Legutoljára a szájáról tépte le a ragacsos szalagot... bajuszkájával együtt. Lina felszisszent, de szólni nem mert. Marco, tétován, kissé remegő kézzel kisimította az asszony haját az arcából, visszadobta az ollót a fiókba és halkan megszólalt.

- Gyere Lina, megyünk. Jössz velem.

Még annyi időt hagyott neki, hogy megkönnyebbüljön a fürdőszobában, aztán rásegítette a pufajkát, hócsizmát, gondosan bebugyolálta a némán zokogó asszonyt és elhagyták a házat. Félúton a bejárón, Marco megállt.

- Add ide a kulcsaidat... - mondta, majd türelmét vesztve, ahogy Lina kesztyűs kézzel ügyetlenkedett, ő maga szedte elő Lina zsebéből a kulcscsomót és a magáéval együtt bedobta az ajtó levél nyilasán.

Sietős léptekkel indultak el a néptelen, szűzhavas utcán, ki a McLeodra, majd végig a Stanley Avenuen. A vízparton, a vízesés felé már benépesült a promenád, csevegő, ámuldozó turisták bámulták a zuhatagot. Még korai a tél, még nyoma sincs a tornyosuló jéghegyeknek a folyómederben, de a parton már, mint megannyi bizarr, absztrakt jégkreáció, csillognak a fák a reggeli napsütésben. Szikrázik a levegő, villog a milliárdnyi permetszem és nagy ívben öleli át a szakadékot a sokszínű szivárvány.

Marco megáll, nézi az asszonyt, megigazítja fején a piros, horgolt kendőt és halkan, alig hallhatóan rászól.

- Utálom, amikor a hátam mögött kullogsz... Tarts lépést. OK?

Okay...

S ahogy újra elindultak, Lina belekapaszkodott Marco kabátujjába, szaporán szedte a rövid lábait. És mit ad Isten, egyszeribe' abbamaradt a szipogás.

Hatodik lépés a szabadsághoz.

December huszonharmadikán, tizenegy óra kilenc perckor, hátat fordítva a kanadai szülővárosuknak, a Petrullo házaspár, kéz a kézben, rálépett a Szivárvány Hídra.

11. fejezet

Drummond Villageben is, úgy mint bárhol máshol, gyakran előfordul, hogy egyik, vagy másik szomszéd eltűnik egy-két hétre. Semmi rendkívüli abban nincs. Senki sem hiányolja őket, különösen, ha valakit megkérnek a szomszédok közül, hogy nézzenek időnként a házra. Így aztán fel sem tűnt, még a legkíváncsiskodóbb szomszédnak sem, hogy a Petrullo ház lakói hiányoznak. Nem addig, míg úgy február elején, három rendőrautó le nem parkolt a ház előtt. Lakatossal nyitatták ki az ajtót és jöttek, mentek, ki s be. Két rendőr aztán végig járta a szomszédokat és érdeklődött, hogy látták-e őket, megfigyeltek-e valami rendkívüli eseményt a Petrullo ház körül. Na, erre aztán bőven ellátták a rend őreit teóriákkal. UFO.

Kétség ahhoz nem fér, esküdözött Bill McInnis nyugalmazott városi levéltárnok, elismert tudója minden misztikus és paranormális tudománynak, hogy ő már hónapokkal ezelőtt mondta, hogy az űrhajót várják. Lám csak, lám csak ismét őt igazolták a történtek.

Petrulloék útban vannak a Stratecolis planétára... A szomszédság véleménye aztán megoszlott úgy fifty-fifty, az UFO és a maffia emberrablásos ügye között, ugyanis tudva volt, hogy Lina Petrullo, Jonny the Fixer csemetéje volt.

Ki tudja, milyen bűnök rejlenek a csendes családi ház falai mögött – zárta le a vitát Danny Wilson.

Lassan napirendre tértünk a megfejthetetlen rejtély felett. Ahogy kitavaszodott, leverték a ház előtt az ingatlanügynökség tábláját.

"Ez a ház eladó!"

Jött egy nagy bútorszállító és kipucolták a Petrullo ingóságot, valószínűleg azt is eladták. Fogalmam sincs, hogy ilyen esetben mi a szokás.

Nem telt bele néhány hét, a ház már el is kelt. Na, persze a bank nem sokat alkudozott mindaddig, míg a saját pénzét ki nem veszi belőle. Megért az ingatlan több mint kétszázezret, a hitel rajta meg csak annak a fele volt.

Ha Sony Kovalszki nem bukkan rá, csupa véletlenségből a Petrullo eset hivatalos történetére, áldott tudatlanságban szenvednénk az örökkévalóságig.

Micsoda szerencse.

Az öreg Kovalszki a nyugdíjasok házában sakkozik minden hétfőn, szerdán és pénteken, nyitástól zárásig egy Brian nevű (a családi nevét nem tudja) nyugdíjas taxisofőrrel. Brian harmadik unokatestvére, anyai ágról, vadházasságban él egy jamaikai illegális bevándorlóval, akinek a törvénytelen fia albérletben lakik a Murray streeten egy rendőr pince-lakásában, aki a Provinciális Rendőrségen diszpécser.

Szóval, megbízható, első kézből eredő információ szerint a Petrulloék csak úgy leléptek... több, mint nyolcmillió dollárral a zsebükben. A dologban a furcsa az a tény, hogy hátrahagytak egy valag dohányt, részvényeket, bankszámlát, kocsit... a ház fele értékéről nem is beszélve. Úgy cirka másfél milliót.

Miután megállapítást nyert, összevetve az összes tényezőt, hogy tulajdonképpen bűncselekmény nem történt, kivéve egy súlyos, de kizárólag polgári ügyet. A Johnny Russo végrendeletében szankcionált bizományi feltételek kijátszását, ami a legrosszabb esetben is pénzbirsággal lenne sújtható. Enyhítő körülménynek számítana, hogy maguk az örökösök követték el a *bűncselekményt,* hogy öt évvel előbb élvezhessék a vagyon gyümölcseit. Mármint Angelina Petrullo, született Russo, Marco Petrullo törvényes bűntárssal szövetkezve.

Marco szerepe is tisztázódott. Monsignore Purificate, Mrs. Petrullo lelkiatyája és Tom Corelli a Royal Bank Managere eskü alatt igazolták a házaspár személyazonosságát az amerikai határőrség videó felvétele alapján, amint azok 2007. december 23.-an 11.15.-kor kart karba öltve átsétáltak a határon.

Mrs. Petrullo rajongó tekintete minden kétséget kizárt a házaspár idillikus viszonyát tekintve. Így nyert aztán a Petrullo ügy végleges magyarázatot, bár még a mai napig is, egyesek csökönyösen ragaszkodnak az űrhajós változathoz.

Vége

Az Író.

Születtem 1929. július 29-én Reformátuskovácsházán, - akkoriban Csanád-Arad- Torontálnak titulált vármegye, istenhátamögötti falujában. Legszebb emlékeim fűződnek az első tíz évemhez, amig ott éltem, aztán jött a nagyváros, Pest és a háború.

Nem beszélünk róla, hiszen van egy jó lehetőség, hogy az olvasó azt sem tudja, miről van szó, ha ilyen ó-kori történelemről beszélünk.

Ez a fiatalság privilégiuma.

A Színház és Film Művészeti Főiskolán végeztem, mint dramaturg... Annak ellenére, hogy színészi ambícióval indultam – de beleszólt a bürokrácia, és az életem egy éles kanyarral más irányba térült s vele együtt rám jött az írhatnék.

1956.

Véletlenek sorozata belesodort a történelembe és az életveszélyes következményeket elkerülendő, kis családot mentve, meg sem álltam Kanadáig a lehető legszerencsésebb fordulata volt, a különben szürke, eseménytelen, békességes életemnek.

Fuccs az írói ambíciónak, a csabai rendőrség elkobozta nyúlfaroknyi irodalmi munkásságom termékeit – valószínűleg

126

megsemmisült a tárgyalások után – sikeresen kitörölve írogató múltam. Nem is írtam fedezettlen csekkeken kívül jóformán semmit, negyven évig.

Nincs megbánás.

Főztem, vendéglőt vezettem, pincérkedtem majd finom friss tésztát gyártottam tonna számra...

Ha meggondolom az is valami.

1992-ben megvettem az első primitív számítógépet, hogy a kis vállalkozásunk könyvelését megkönnyítsem. Mikor aztán eladtam a tészta üzemet, mit csináljak egy haszontalan könyvelésre szabott computerrel? Vettem bele egy szövegszerkesztő programot és felfedeztem, hogy sokkal könnyebb rajta írni, mint az öreg Olivettin.

Író lettem.

Itt az eredmény, tetszett a kedves olvasónak, vagy sem, én minden jóindulattal igyekeztem.

Erről jut eszembe van ezen kívül még kettő, amit szeretnék a kedves figyelmébe ajánlani.

Rejtve, láthatatlanul
Egy rendhagyó család története
Regény
400 oldal
Harmath Péter, sikeres kanadai üzletember vall életéről, szexualitásának alakulásáról, a naiv

gyerekkori játékoktól kezdve a felnőtt férfi tudatos, szabad párkapcsolatáig.

A regény másik központi alakja a mama, aki saját viharos serdülőkorán okulva, igyekszik gyermekeit őszinte, szorongásoktól mentes, boldog életre nevelni. A spontán epizódok sorozata különleges családi kapcsolatot eredményez. A szerző határozott célja, hogy felvesse a kérdést, valóban olyan különlegesek-e ezek az események, vagy rejtetten sokkal gyakrabban fordulnak elő, mint gondolnánk, csak a társadalom álszemérme igyekszik eltakarni a közvélemény elől.

Az események helyszíne az 1940-56 közötti Magyarország, melyről a szerző korhű történelmi képet ad, az események, a körülmények, a korabeli nyelvezet hiteles felhasználásával.

Az öreg Joe

Hét kis novella, két jó szomszéd életéből. Joe Balog és a nála fiatalabb Dan Wilson egymással szemben laknak, egy csendes Niagara Fallsi utca két oldalán. Vitatkoznak, civakodnak, mint minden más két jó barát, élik a kanadai nyugdíjasok nyugalmas életét.

Kérem látogassa a Kaláka Szépirodalmi Folyóirat havonta megjelenő számát. www.kalaka.com

És a személyes magyar és angol nyelvű honlapomat www.kaskoto.homestead.com